Helen Liebendörfer

Ja und Amen?

Hermann Hesses Mutter Marie

Historischer Roman

Friedrich Reinhardt Verlag

Titelbild: Marie mit dem kleinen Karl
Rückseite: Charles Isenberg mit Marie und den Kindern Theodor und Karl in Haidrabad

Projektleitung: Claudia Leuppi
ISBN 978-3-7245-2231-7
Der Friedrich Reinhardt Verlag wird
vom Bundesamt für Kultur mit einem Strukturbeitrag
für die Jahre 2016–2020 unterstützt.

www.reinhardt.ch

Wir danken für die freundliche Abdruckgenehmigung der Zitate und der Fotos. In einzelnen Fällen konnten die Rechtinhaber nicht ermittelt werden. Wir bitten um Hinweise an den Verlag, allfällige Honoraransprüche werden gerne abgegolten.

«Wenn ich mich klar besinne, so verdanke ich das Beste, was ich geistig besitze, unserer lieben Mutter, die ich immer und immer wieder lebendig um mich fühle!»

Hermann Hesse

Vorwort

Je mehr man sich mit dem Leben von Hermann Hesses Mutter Marie auseinandersetzt, desto vielschichtiger wird das Bild. Ihr Leben nachzuvollziehen, verlangt ein Hineinversenken in die Welt des Pietismus, der Missionstätigkeiten und festen Überzeugungen. Diese Welt hat Hermann Hesse stark beeinflusst und beschäftigt. Er hat sich bekanntlich auch dagegen aufgelehnt.

Die Leitung der Basler Mission war im 19. Jahrhundert reine Männersache. Der Missionar gehörte der Mission und der Gemeinde an, alles andere hatte sich unterzuordnen. Die Frau eines Missionars wünschte man sich als eine „eifrige, gerne sich verleugnende Gehülfin“. Die Begriffe Demut, Opfer und Verzicht spielten eine wesentliche Rolle.

Entsprach Hesses Mutter dieser Vorstellung, als sie als Missionsbraut nach Indien reiste? Reichte der von Kindheit an eingetrichterte, aber auch vorgelebte Glaubenssatz des Gehorsams und der Disziplin dafür aus, sich als Frau eines Missionars zu bewähren?

Viele Frauen verbrachten einen grossen Teil ihres Lebens damit, für die Mission zu arbeiten, ohne dass sie besonders erwähnt werden. Sie haben auch nichts anderes erwartet. Frauen waren zum Dienen da. Was Frauen und Mütter empfanden und zu leiden hatten, ordnete man damals dem Missionsgedanken unter. Das galt auch für die Kinder, die ganz ohne ihre Eltern in Europa die Schulzeit durchstehen mussten. Sie hatten stark zu sein und zu verzichten. Aus heutiger Sicht ist dieser Opfergedanke schwer verständlich, aber steht uns ein Urteil zu?

Basierend auf Briefen, Tagebüchern und Berichten wird in diesem Roman Authentisches und Fiktives verbunden, wobei die Lebensstationen und Erlebnisse von Marie Hesse möglichst genau nachvollzogen sind. Er zeigt das vielschichtige Lebensbild einer Frau des 19. Jahrhunderts, die zwischen Indien und Europa ihren Weg suchen muss.

Gerne bedanke ich mich an dieser Stelle für die freundliche Unterstützung von Pia Müller, Geschäftsleiterin der Basler Mission, und bei Andrea Rhyn vom Archiv der Basler Mission, die mir die Möglichkeit boten, im reichen Archiv und in der Fotosammlung zu stöbern.

Helen Liebendörfer

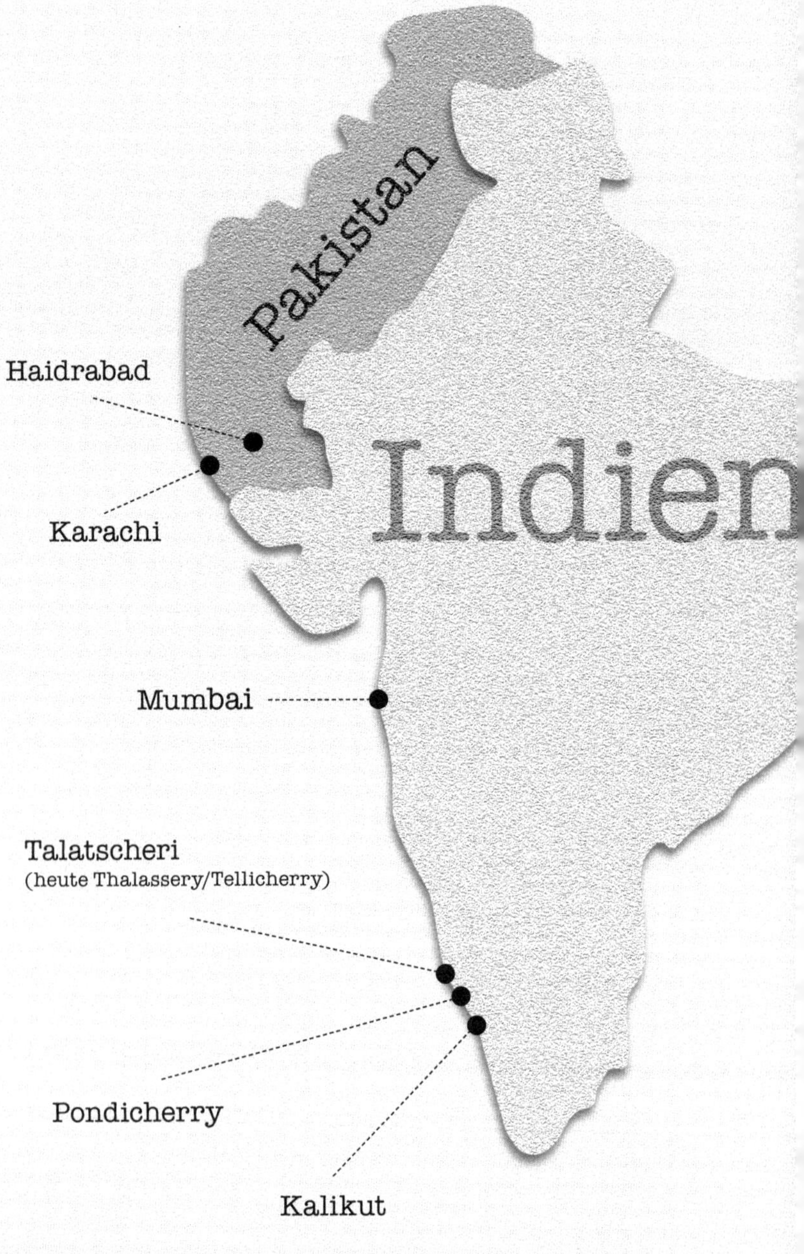
Pakistan
Indien
Haidrabad
Karachi
Mumbai
Talatscheri
(heute Thalassery/Tellicherry)
Pondicherry
Kalikut

1. Kapitel
Kalikut 1858

Der Wind strich leise durch die Palmblätter. Der Blick auf das glitzernde Meer war bezaubernd, doch die junge fünfzehnjährige Marie Gundert sah und hörte nichts. Sie sass an ihrem Lieblingsplatz, auf einem schattigen Stein unter einem Baum, und träumte vor sich hin. Unter ihr ausgebreitet glänzte das Meer. Ein grasiger Fussweg führte zum Strand, ein ganzes Ameisenvolk überquerte ihn unablässig in unendlich scheinenden Mengen, manchmal huschte auch eine Eidechse vorüber oder ein dicker Tausendfüssler spazierte emsig durch das trockene Gras, aber Marie bemerkte nichts. Es beschäftigte sie nur der eine Gedanke: Warum hörte sie nichts von John?

Seit Wochen hielt sie nach der Post Ausschau, suchte nach der ihr bekannten Handschrift auf einem Brief. Warum meldete er sich nicht? Sie hatte sich auf der Überfahrt von Europa zur Westküste Indiens Hals über Kopf in John Barns verliebt, und die Erlebnisse auf dem wochenlangen Weg leuchteten unaufhörlich in ihrem Innern. Bei jeder Person, die John ähnlich sah, geriet ihr Herz in Aufruhr, doch immer vergeblich. Verzweifelt stützte sie den Kopf in ihre Hände und nahm keine Rücksicht darauf, dass die braunen Haare in Unordnung gerieten. In ihren dunklen Augen schimmerten Tränen.

Da bemerkte sie hinter einem Strauch zwei Augenpaare, die sie neugierig musterten, nein, es waren noch mehr! Einige dunkelbraune Kinder staunten sie schweigend an. Ärgerlich nahm sie zur Kenntnis, dass man in Indien nirgends allein sein konnte. Marie stand rasch auf und begab sich zum Missionshaus.

Ihre Mutter Julie Gundert stand kopfschüttelnd davor und meinte tadelnd:

«Da bist du ja endlich, Marie! Hier wird nicht geträumt, sondern gearbeitet. Ich denke, es ist langsam Zeit, dass du dich mit dem Gedanken abfindest, dass dieser John Barns nichts für dich ist.» Marie blickte sie fassungslos an.

«Du weisst von John?»

«Natürlich! Vater hat längst einen Brief von ihm erhalten und ihm eine Absage erteilt.» Marie fühlte, wie ihr das Blut zu Kopfe stieg. Sie war nicht nur wütend und verzweifelt, sie fühlte sich auch ungerecht behandelt. Der Vater hatte kein Wort darüber verloren!

«Vater hat John eine Absage erteilt, ohne mit mir darüber zu reden?», fragte sie ungläubig.

«Der Brief mit dem Heiratsantrag kam, bevor du hier eingetroffen bist. Und es gab auch nichts zu diskutieren: Dieser Herr Barns ist ein Weltmann, das kommt für Vater gar nicht infrage.»

Marie war entsetzt. Alles war schon abgesprochen und entschieden gewesen, noch bevor sie ihre Eltern wiedergesehen hatte.

«Aber ich habe ihm auf dem Schiff versprochen, dass …»

«Du bist erst fünfzehn Jahre alt und hast keine Erfahrung mit dem Leben. Wenn dieser John etwas taugt, weiss er, dass ein Vater bestimmt, wen seine Tochter heiratet.»

«Wie will Vater das beurteilen können? Er hat doch keine Ahnung von John! Nur weil er kein Missionar ist, muss er doch nicht schlecht sein. Und mich kennt Papa genauso wenig, er weiss nicht, was ich denke, und auch nicht, was ich fühle, denn in den vergangenen elf Jahren hat er mich nie gesehen. Ich war vier Jahre alt, als ihr mich in Basel zurückgelassen habt!»

Als vierjähriges Mädchen, daran erinnerte sie sich immer noch mit schmerzlichen Gefühlen, hatten ihre Eltern sie in Basel gelassen und waren als Missionare wieder nach Indien gereist. Nie würde sie diesen Moment vergessen! Damals hatte man sie mit Spielsachen zu trösten versucht, aber sie hatte alle an die Wand geworfen. Es konnte nichts Schönes geben, wenn die Eltern nicht mehr bei ihr waren. Doch es hatte nichts gefruchtet, die Eltern waren nicht zurückgekommen.

«Du weisst, dass wir auch deine Geschwister in Europa lassen mussten.»

«Das war ein schwacher Trost. Abgesehen davon, dass sie bei den Grosseltern in Stuttgart unterkommen konnten, während ich ganz alleine bei fremden Leuten in Basel zu bleiben hatte.»

«Deine beiden älteren Brüder sollten eine gute Schulbildung in Deutschland erhalten, und dein jüngeres Schwesterchen war zu klein, um irgendwo untergebracht zu werden. Aber wir konnten den Grosseltern nicht zumuten, mehr als drei Kinder grosszuziehen. Wir standen in Briefkontakt mit deinen Pflegeeltern, sie haben uns wissen lassen, wie es dir geht.»

«Was heisst das schon? Man schreibt ja nur das Schöne, um die Eltern im fernen Indien nicht zu betrüben. Ihr wisst gar nichts über mich, Mama, so wenig wie ich von euch.»

«Wir haben dich vermisst, glaub mir, dich und deine Geschwister. Ich war sehr unglücklich damals. Meine vier Kinder zurücklassen zu müssen, ging fast über meine Kräfte. Ich hatte meine Kinder nur auf Zeit, dabei liebte ich jedes Einzelne so sehr. Du hast keine Vorstellung davon, wie sehnlichst ich immer auf die Post wartete. Und ich wusste, dass ihr grösser und älter wurdet, während ich nur ein Bild von damals betrachten konnte, von dir als kleines vierjähriges Mädchen – und schau dich jetzt an!»

«Ich habe auch immer euer Bild betrachtet, das ihr extra für mich habt machen lassen. Aber ich wusste nicht, wie eure Stimmen tönen, ob ihr lebhaft seid oder ruhig, wie ihr euch anfühlt …»

«Ich weiss. Es war unsagbar bitter. Und vor drei Jahren musste ich mich dann auch noch von Friedrich und

Die 4-jährige Marie (?).

Paul trennen sowie vor einem halben Jahr vom kleinen David, weil er ins schulfähige Alter kam. Jedes Mal wurde es für mich noch schwerer, meine Kinder ziehen zu lassen. Aber ich habe begriffen, dass zum christlichen Leben Opfer gehören. Seligen Verzicht nennt man das.» Marie schaute ihre Mutter trotzig an.

«Ich will aber nicht auf John verzichten.»

«Du wirst ihn vergessen müssen. Du hast schliesslich schon als kleines Kind gelernt, dass man selten nach den eigenen Wünschen gefragt wird.» Mutter Gundert musterte das blasse Gesicht ihrer Tochter, sah den verzweifelten Ausdruck in den dunklen Augen und lächelte flüchtig.

Maries offener Blick widerspiegelte jeden ihrer Gedanken. Das längliche Gesicht mit den dunklen Augen war umrahmt von braunen Haaren, die sie in der Mitte gescheitelt und mit einem Zopf um den Kopf gewunden trug. Sie war ihrer Mutter wie aus dem Gesicht geschnitten. Mit ihren fünfzehn Jahren hatte Marie noch etwas Mädchenhaftes an sich, sie wirkte weder geziert noch kokett.

«Die Zeit heilt alle Wunden, das hat schon meine Mutter immer gepredigt. Du bist noch jung, Marie, du wirst den Mann bald vergessen und dich bei uns einleben, denn schliesslich bist du hier in Indien geboren.»

«Davon weiss ich nichts mehr, ich war noch viel zu klein. Ich muss mich nun erst an alles gewöhnen, Eltern zu haben, einen Vater und eine Mutter. Elf Jahre lang wusste ich nicht, wie sich das anfühlt.»

Marie Gundert.

«Es wird sich fügen. Jetzt ist es Zeit, dass du mit mir zusammen die Mädchenschule leitest. Du wirst Freude haben an der Arbeit. Es sind siebenundsechzig Mädchen, die fleissig mit ihren Schultafeln auf dem Schoss auf der Matte sitzen und unsere Schrift schreiben lernen.»

Marie war hin und her gerissen. Natürlich wollte sie ihren Eltern Freude bereiten und sich bemühen zu tun, was man von ihr erwartete. Doch sie konnte und wollte John Barns nicht vergessen. Die häusliche Atmosphäre in der Missionsstation und das Sendungsbewusstsein der Eltern übertrugen sich zwar langsam auch auf Marie, aber so leicht, wie es sich Mutter Gundert vorgestellt hatte, konnte sie ihren John nicht vergessen. Monatelang träumte sie von ihm, sah seine blauen Augen vor sich, seinen Blick, meinte, seine Hand auf der ihren zu spüren, und wiederholte ihre gemeinsamen Gespräche Wort für Wort. Marie musste sich für alles aufraffen und haderte mit ihrem Schicksal. Sie rang täglich mit sich, denn sie wusste, was man von ihr erwartete. Vater Hermann Gundert empfahl ihr in einem ernsten Gespräch, viel zu beten, was Marie brav befolgte. Es gab Tage, da schien es ihr, der liebe Gott komme zu Hilfe, so wie man es ihr ein Leben lang gepredigt hatte. Sie meinte sogar, eine Bekehrung zu erleben, wie man es von allen Christen in der Mission erwartete, aber am folgenden Tag überfiel sie wieder die ganze Sehnsucht und sie weinte sich unter dem grossen Moskitonetz, das um ihre Bettstatt gezogen war, in den Schlaf.

Es war deutlich wärmer geworden, die Sonne brannte unbarmherzig vom wolkenlosen Himmel, deshalb standen alle stets früh auf, um die wichtigsten Dinge vor der Hitze erledigen zu können. Dazu gehörten die Morgenandacht und das Frühstück mit Mango und Bananen, aber auch der Schulunterricht für die Mädchen. An vieles musste sich Marie erst gewöhnen. Erstaunt stellte sie zum Beispiel fest, dass das Regal mit den Speisevorräten mit einem Moskitonetz vermacht war und die Füsse in Schalen standen, welche mit Wasser gefüllt waren.

«Das hält alle Ungeziefer fern, weder Ameisen noch Kakerlaken oder weitere unliebsame Besucher können zum Regal gelangen. Du musst auch immer darauf achten, dass sich keine Skorpione in deinen Schuhen verkriechen, Marie. Und Schlangen kommen manchmal auch ins Haus, aber sie fliehen, sobald sie unsere Schritte hören.»

«Es ist für mich alles neu, leider kann ich mich an gar nichts mehr erinnern.»

«Natürlich nicht. Papa wird jedoch bald eine Schule in der Nähe von deinem Geburtsort Talatscheri[1] visitieren. Da darfst du mitreisen. Es ist eine alte, ehemalige Moslemsiedlung mit einem farbenfrohen Basar. Ich bin

---

[1] heute Thalassery

gespannt, ob du dich vielleicht dort noch an etwas erinnern kannst.»

«Ich weiss noch, dass das Missionshaus auf einem Hügel liegt, aber ich bin nicht sicher, ob ich mich erinnere oder ob man mir das nur erzählt hat.»

«Ja, das Haus liegt sehr schön. Papa hat es immer als ‹Missionspalast› bezeichnet. Den Besuchern hat es meist so gut gefallen, dass sie viel länger blieben als vorgesehen. Ich hatte wochenlang für sie zu kochen und zu waschen. Papa wird mit dir zuerst mit dem Boot auf dem Fluss fahren und danach hinreiten. Du kannst doch reiten, oder nicht?»

«Nun ja, ich bin in Basel manchmal heimlich geritten, wenn auch nicht weite Strecken. Das Ehepaar Ostertag, bei welchem ich aufwuchs, wusste nichts davon. Der Stallknecht war mein Freund. Eigentlich hatte ich eine recht gute Zeit auf dem prächtigen Landsitz, dem Vorderen Gundeldingen. Er lag wunderschön im Grünen. Und vor allem gab es viele Kinder, fast ein Dutzend, denen es genauso ging wie mir, da es ja eine Missionsanstalt war. Aber von euch wusste ich gar nichts. Ausser den Briefen, die ankamen, gab es nichts Fassbares.» Marie versuchte, den vorwurfsvollen Ton aus ihrer Stimme zu verbannen.

«Wir konnten euch doch nicht in Indien aufwachsen lassen, ihr musstet schliesslich eine gute Schulbildung erhalten. Das ging nur in Europa. Aus den Briefen weiss ich trotzdem einiges von dir. Du warst ein Wildfang und hast mehr Kleider zerrissen als die anderen Mädchen.»

«Stimmt. Ich habe mir oft gewünscht, ein Knabe zu sein.»

«Dabei erinnere ich mich, wie du als ganz kleines Kind nachts oft vor Furcht geweint hast, sodass dich Papa stundenlang auf seinem Arm herumtragen und Wiegenlieder singen musste. Du warst ein sehr zartes Kind. Du hast die ersten drei Jahre deines Lebens hauptsächlich Malayalam geredet, mit mir ein bisschen Französisch und mit Papa ein wenig Deutsch, aber in Basel hast du die indische Sprache bald vergessen.»

«Ich habe nur noch Baseldeutsch geredet. Glaub mir, Mama, es war nicht leicht, keine Eltern in der Nähe zu haben. Wir wurden oft ausgelacht. Wenn wir im Winter in den blauen Kleidern, den grauen Filzhüten und in schweren Holzschuhen zwei und zwei durch den tiefen Schnee zur Kirche in die Stadt stapften, fühlte ich mich hilflos und ohne Schutz dem Spott vollkommen ausgeliefert. Ich wünschte mir inständig, kein Missionskind zu sein. Manchmal näherten sich neugierige Leute, um die braunen Kinder zu bestaunen, die in Indien geboren waren, mussten dann aber enttäuscht zur Kenntnis nehmen: «Die sin jo wiss.»

«Das heisst wohl ‹weiss›? Du musst mit mir Englisch oder Französisch reden, mein Deutsch lässt sehr zu wünschen übrig.»

«Französisch habe ich erst im vergangenen Jahr in Corcelles gelernt, deinem Heimatort am Neuenburgersee. Es war allerdings das Einzige, wovon ich dort profitiert habe. Ich fühlte mich als Magd, musste Wasser holen am Brunnen, putzen, waschen und für das Neugeborene und die anderen Kinder der Lehrerfamilie sorgen, bei der ich untergebracht war. Nur spät abends hatte der Ehemann Zeit, mir etwas französische Grammatik beizubringen.»

«Mein Corcelles! Wie gerne würde ich es wieder einmal sehen. Und den Neuenburgersee sowie meine Verwandten und meine Freundin Marie. Sie reiste mit mir zusammen hierher, ertrug aber die Hitze nicht und musste schwer krank zurückreisen», seufzte Mutter Gundert, während ihre Augen den fernen Horizont des Meeres betrachteten.

«Trotzdem war Corcelles noch besser als das Institut in Korntal, in das ihr mich mit zwölf Jahren geschickt habt. Diese Zeit dort schien mir unendlich lange. Ich hatte Heimweh nach Basel und dem Ehepaar Ostertag, fühlte mich schrecklich allein, von allen im Stich gelassen, und weinte manche Nacht in mein Kopfkissen. Erst als ein grösseres Mädchen sich meiner etwas annahm, ging es mir besser.»

«War das diese Olga, die später fortgeschickt wurde?»

«Ja. Sie hatte sich unglücklich verliebt, in einen jungen Baron! Das wurde natürlich nicht geduldet, der Umgang mit ihr wurde mir verboten.»

«Und schliesslich musstest du in den Karzer, weil du dich nicht daran gehalten hast – du siehst, wir erfuhren alles.»

«Ja, ich weiss, ihr habt mir damals ganz vorwurfsvolle Briefe geschickt. Aber ich verehrte Olga. Sie war die Einzige, die sich um mich kümmerte, mich auch einmal in den Arm nahm. Ich denke sehr ungern an diese eineinhalb Jahre im Institut zurück. Nicht einmal Schillers Gedichte durften wir lesen!» Mutter Gundert lächelte in sich hinein. Sie kannte Schillers Gedichte auch nicht, und es schienen ihr die Probleme eines jungen Mädchens in der Pubertät zu sein. Sie stellte fest, dass Marie mit einem recht hitzigen Gemüt gesegnet war und sich leicht in etwas hineinsteigerte. Das musste nun in rechte Bahnen gelenkt werden, nahm sie sich vor.

«Jetzt bist du hier in Indien und hilfst mir in der Mädchenschule. Vorher sollst du aber mit Vater noch den Ausflug machen.»

Gegen Abend des folgenden Tages machten sich Vater Gundert und Marie auf die Reise. Die Bootsfahrt begeisterte sie. In der beginnenden Dämmerung bot sich ein fantastisches Bild: Die vielen Palmen spiegelten sich im Wasser, das undurchdringliche Grün der Farnbäume und die Geräusche von fremden Tieren liessen sie die Fahrt wie im Traum erleben, zumal sie die ganze Nacht hindurch weiterfuhren. Es war Marie rätselhaft, wie die Schiffer in der Dunkelheit den Weg finden konnten. Sie schlief kaum, denn die Ruderer sangen im Wechsel fremdartige Melodien, die in ihren Ohren schrill und ungewohnt klangen. Ob sie damit wilde Tiere und böse Geister verscheuchen wollten?

Auf dem langen Ritt am nächsten Morgen folgte Marie der imposanten Gestalt ihres Vaters auf dem Pferd. Sie bildeten ein ungleiches Paar, der Vater im Tropenhelm, breitschultrig und fest im Sattel sitzend, Marie, feingliedrig und mit Hut und langem Rock, etwas unsicher auf dem Pferd reitend. Sie blickte hellwach auf alles, was sich ihr zeigte. Zwischen den Palmpflanzungen entdeckte sie kleine Häuser aus Lehm, die Dächer bedeckt mit trockenen Palmblättern. Oft waren sie von einem Erdwall umgeben. Eine morsche Kerbleiter führte zum erhöhten Eingang. In den Türöffnungen hockten einige Frauen mit ihren kleinen, nackten Kindern, welche sie mit grossen, braunen Augen neugierig staunend musterten.

«Die Leute scheinen alle arm zu sein», bemerkte Marie mitleidig.

«Das wirkt nur in unseren Augen so. Es ist keine Armut, sondern äusserste Einfachheit. Man hat alles, was man braucht, jedoch nichts Überflüssiges wie bei uns. Wenn du ins Innere der Häuser schaust, findest du saubere Ordnung vor, aber keinen Zierrat oder irgendwelche Nippsachen, sondern nur das, was man benötigt. Sie benutzen weder Tisch noch Stühle, sitzen zum Essen auf dem Boden und essen mit der Hand. Betten haben sie auch keine, sondern breiten abends Matten aus.»

«Und du kannst mit ihnen allen reden, kennst ihre Sprache?»

«Nicht mit allen. Es gibt allein in Südindien etwa zweihundert unterschiedliche Sprachen. Einige habe ich mir angeeignet, zuerst lernte ich Hindi und Bengali, dann wurde ich in eine andere Sprachregion versetzt und lernte Tamil und Telugu, danach kam ich wieder in ein anderes Sprachgebiet und lernte Malayalam. Wenn man predigen will, muss man die Sprache beherrschen. Ich schrieb auch verschiedene Grammatiken und sammelte die Sprichwörter der Leute.»

«Wozu denn Sprichwörter?»

«Mich interessiert die indische Lebens- und Denkweise. Nur wenn ich sie kenne, kann ich die Leute vom Christentum überzeugen. Man kann mithilfe von Sprichwörtern auch gut eine Sprache erlernen.»

«Kannst du mir eines beibringen?»

«*Jo garjte hai vah baraste nahin,* das ist Hindi und bedeutet: *Hunde, die bellen, beissen nicht.* Aber es gibt auch Sprichwörter, die wir in unserem Sprachgebrauch nicht kennen. Zum Beispiel: *Wo Elefanten sich bekämpfen, hat das Gras den Schaden.*» Marie dachte einen Moment nach, dann lächelte sie.

«Das gefällt mir sehr. Ich werde mir auch einige Sprichwörter aneignen. Das Malayalam habe ich ja ganz vergessen, aber die Wörter stecken irgendwo weit hinten in meinem Kopf und müssen nur wieder ans Tageslicht gelockt werden. Mama hat mir gesagt, dass du nun an einer Bibelübersetzung schreibst?»

«Ja, das wird mich noch einige Jahre beschäftigen. Ich habe festgestellt, dass das Malayalam dem Griechischen und Hebräischen näher steht als unsere deutsche Sprache. In den drei Jahren, in denen ich an einer Kehlkopfentzündung litt, konnte ich mich intensiv dieser Arbeit widmen.»

«Du hattest eine Kehlkopfentzündung? Davon höre ich zum ersten Mal», warf Marie hastig ein.

«Ich konnte drei Jahre lang weder predigen noch Gespräche führen, meine Stimme war weg. Das haben wir dir nicht geschrieben, wozu auch? Die Gesundheit leidet in Indien. Man muss immer damit rechnen, irgendetwas aufzulesen. Auch deine Mama hatte oft mit Krankheiten und Depressionen zu kämpfen.»

Während sie munter voranritten, betrachtete Marie mit Entzücken die Wildnis der Farnbäume und das satte Hellgrün der schattenlosen Reisfelder. Sie staunte über malerische Büsche mit feuerroten Blüten oder beobachtete fasziniert einen dicken Wasserbüffel. Er wurde von einem Hindu mit nackten Beinen geführt, der in einem hellen, um die Hüfte gewickelten Lendentuch ein Feld pflügte. Auf einem Strauch zwitscherte ein Vogel mit auffallend roten Federn am Kopf.

Immer wieder erblickte Marie auch Frauen mit tiefschwarzen Haaren, welche leichtfüssig die kleinen Fusswege entlangliefen. Mit einer unnachahmlich stolzen Haltung trugen sie Holz oder einen Wasserkessel auf dem Kopf, waren in farbige Gewänder gekleidet und hatten ihre Arme und Fussknöchel mit Ringen geschmückt. Hin und wieder begegneten sie auch Affenhorden, die mit grossen Sprüngen über ihre Köpfe hinwegsetzten und fauchten. Es waren grosse, langschwänzige Tiere, die sich offensichtlich über ihr Kommen ärgerten.

Auf dem Weg zeigte ihr der Vater einen indischen Tempel. Das Eingangsportal dieses Tempels war voll steinerner Götterfiguren. Es schien Marie wie ein wildes Geflecht von durcheinandergewobenen Armen und Beinen. Die Sprache der Bilder verwirrte Marie. Obwohl sie mit Hut und langem Kleid neben den Sari tragenden Frauen auffiel, wagte sie sich scheu ins dunkle Innere und staunte mit ängstlich neugierigen Augen, wie den vielen Gottheiten geopfert wurde. Reis sowie weisse und orange Blüten wurden in unzähligen kleinen Schalen dargebracht. Ein leises Läuten von Glöckchen erfüllte den Raum. Dazu verströmten Räucherstäbchen einen betörenden Duft, eine Mischung aus ätherischen Ölen, Sandelholz, Kräutern und Harzen. Die Wände waren voll Götterbilder, Schnitzereien und Silberarbeiten. Marie sog die intensiven Düfte, Lichter und Farben in sich ein, und die Frage drängte sich ihr auf, wie man diesem Reichtum an Göttern und Ritualen das schlichte Christentum gegenüberstellen und begreiflich machen konnte. Es wurde ihr plötzlich klar, was ihren Vater beschäftigte, welche Probleme er wälzte und zu lösen versuchte, und sie verstand, wie verschwindend klein ihm ihre eigenen Wünsche und Fragen erscheinen mussten.

Sie schritt tastend den dunklen Gang zurück und trat erleichtert aufatmend ins Freie. Sie musterte ihren wartenden Vater von der Seite und bemerkte, dass er müde und abgekämpft wirkte. Sein Gesicht mit den regelmässigen Zügen wurde beherrscht von einer breiten Stirn und braunen, zur Seite gekämmten Haaren, welche erste graue Streifen zeigten. Die lebhaften braunen Augen wirkten erschöpft. Mehr als zwanzig Jahre Indien mit der Hitze, der Regenzeit und den vielen oft unlösbaren Problemen hatten an ihrem Vater gezehrt. Vater Gundert bemerkte, wie sehr Marie von diesem Tempelbesuch beeindruckt war.

«Weisst du, Marie, erst wenn man merkt, wie das ganze Leben, die Sprache, die Kunst und die Sitten mit diesen Gebäuden verflochten sind, fühlt man etwas von der Macht des Satans. Unser missionarisches Ziel muss es sein, die Götzen aus Indien und aus den Herzen herauszuschaffen.»

«Ich werde dir gerne helfen, so weit es mir möglich ist, in der Mädchenschule oder wo immer du mich brauchen kannst, Papa», rief Marie spontan. Vater Gundert schaute sie überrascht an.

«Du kannst dir nicht vorstellen, wie sehr mich das freut. Ich war zuversichtlich, dass der Herr dir den rechten Weg weisen wird.» Maries Gesicht verschloss sich. Sie wusste, dass für ihren Vater und ihre Mutter die Missionsarbeit an erster Stelle stand. Die Liebe zu Jesus und nicht die Liebe zu John hätte ihr Herzenswunsch sein sollen.

«Glaubst du wirklich, ich hätte John vergessen?», entgegnete Marie hitzig, während sie aufs Pferd stieg. Das Gesicht des Vaters verfinsterte sich.

«Du denkst immer noch ans Heiraten?»

«Ja», antwortete sie leise, ohne auf seinen missbilligenden Blick zu achten. Ihre Wangen glühten.

«Du musst ihn vergessen, Marie! Glaub mir, das ist nichts als eine schmerzliche Verwirrung. Da hilft nur Beten und Arbeiten, mein Kind.» Marie schwieg und blickte zu Boden. Es schmerzte, aber sie wusste, der Vater verstand sie nicht!

Kurz vor der Dämmerung erreichten sie Talatscheri. Der Ort war klein, mit vielen Häusern, die den Hang hochkletterten. Das Missionshaus lag wie erwartet auf einem Hügel. Vater Gundert und seine Tochter wurden freundlich und respektvoll empfangen. Im Zimmer fand Marie Wasser in einem Tonkrug. Sie legte ihren hellen Hut aufs Bett, trank hastig etwas Wasser, wusch sich erleichtert das Gesicht und war dankbar für die Abkühlung.

Da trat ihr ehemaliges indisches Kindermädchen Rosina ein und konnte sich vor Staunen nicht fassen, ihren kleinen Liebling nach elf Jahren wiederzusehen.

«Gross und hübsch bist du geworden», rief sie und umarmte Marie herzlich, «und deine dunklen Augen sind ganz wie die deiner Mutter! Erinnerst du dich noch an mich? Und daran, wie du mich genannt hast? Nicht Rosina, sondern Hosiannah!», meinte sie lachend. Marie musterte die dunkelhäutige Frau im farbenfrohen, wadenlangen Rock. Sie erinnerte sich an nichts von alledem. Erst beim anschliessenden Besuch im Garten schien es ihr, als ob eine längst verschwundene, aber vertraute Welt auftauchte.

«Hier hast du oft gespielt, du warst gerne im Freien.»

«Ich bin immer noch gerne draussen. Man fühlt sich so frei und losgelöst.»

«Meistens hast du hier zusammen mit deinen beiden grösseren Brüdern gespielt, mit Samuel und Hermann. Ach, waren das reizende Buben! Und das Schwesterchen Christiane sass im Wagen und schaute zu. Geht es ihnen gut?»

«Mein Schwesterchen ist leider gestorben. Es wurde nur vier Jahre alt. Für meine Mama war es sehr schwer.»

«Das kann ich mir vorstellen. Im fernen Land zu weilen und das eigene Kind ist weit weg, wird krank und stirbt. Schrecklich …»

«Auch für meine Grosseltern und meine Brüder war es hart. Es ist schon einige Jahre her. Mehr weiss ich nicht, denn ich habe sie in all den Jahren nur zweimal getroffen.»

«Du warst ganz allein?»

Kinder einer Missionsstation.

«Ich war zusammen mit anderen Kindern, denen es genauso erging wie mir», wich Marie aus. Rosina staunte darüber, dass eine Familie nicht zusammenlebte und die Kinder gemeinsam grosszog. Man hatte ihr schon oft erklärt, dass die Missionare all das auf sich nahmen, um in Indien das Christentum zu verbreiten. Trotzdem konnte sie es nicht einordnen.

«Ein Kind ohne Mutter ist wie eine Blume ohne Regen, sagen wir in Indien. Wir haben bei uns andere Religionen, da bleibt die Familie zusammen», stellte sie trocken fest. Marie nickte verständnisvoll. In Indien schien es einen unüberblickbaren Knäuel von Religionen zu geben – Brahmanen, Buddhisten, Mohammedaner, Sikhs, Anhänger von Shiwa, Krishna und anderen Gottheiten –, ein Volk voll undurchdringlicher Rätsel, aber stets bildete die Familie den Mittelpunkt.

Eine gefleckte Katze kam leichtfüssig auf sie zu und schnupperte an Maries Füssen. Dann strich sie ihr um die Beine.

«Schau an, Scheherazade erkennt dich wieder! Unglaublich!», rief Rosina aus. Marie bückte sich und strich über das weiche Fell. Die Katze schnurrte.

«Scharade?», murmelte Marie erstaunt.

«Ja, so hast du sie genannt, weil du als kleines Kind den komplizierten Namen nicht aussprechen konntest. Erinnerst du dich daran?» Marie nickte verwirrt. Sie nahm die Katze auf den Arm und drückte sie an sich. Ein unbekanntes Glücksgefühl durchströmte sie.

«Scharade, wie schön, dich wiederzusehen! Und dass du mich wieder erkannt hast, meine süsse Scharade – wie wunderbar.»

«Sie ist jetzt sechzehn Jahre alt, etwa so alt wie du. Du hast dich viel mit ihr abgegeben, als du klein warst. Eine Katze vergisst nichts, auch nicht nach vielen Jahren.»

«Mama wird staunen, wenn sie davon hört. Ich muss es gleich Papa erzählen», rief Marie aus und lief mit der Katze auf dem Arm zum Haus.

Den folgenden Nachmittag verbrachten sie im Schatten der Veranda. Man sass zusammen mit dem Hausherrn, trank duftenden Tee und tauschte Neuigkeiten aus.

«Ich muss gestehen, dass es manchmal schwer ist, den Mut nicht zu verlieren. Das Bekehren der Einzelnen braucht viel Geduld. Da kämpft man gegen die Schwäche der Leute, das Zusammenkleben der Familien, ihre Geldsucht, ihre Undankbarkeit, die Lügen und die Heucheleien. Statt froh zu sein, dass ich hier das Evangelium dem armen Volk predigen kann, will mir manchmal der Mut sinken», hörte Marie den Hausherrn zu Vater Gundert sagen.

«Ja, ein Missionar muss tief hinunter, wenn er diesen Heiden als Brüder begegnen und predigen will, da gebe ich Ihnen recht. Doch leider sind wir Missionare oft auch unter uns uneinig, wie wir vorgehen sollen. Auch bei uns gibt es Neid und Missgunst, Undankbarkeit und Lügen, das dürfen wir nicht vergessen.»

«Stimmt. Manchmal habe ich grosse Mühe, mich nicht einzumischen. Einige Missionare gehen auf die armen Seelen los wie ein brüllender Löwe auf seine Beute. Danach haben wir es schwer, überhaupt noch zu Wort zu kommen. Kürzlich fertigte mich ein Einheimischer kurzerhand ab, als ich zu predigen anfing: Sie hätten schon viele Missionare gehört und wüssten alles, ich bräuchte ihnen nicht auch noch zu kommen mit meiner Weisheit. Was tut man in so einem Moment?»

«Nun, ich verteile dann meist meine Traktate und hoffe, dass sie nicht alle zerrissen werden, sondern der eine oder andere liest, was darauf steht. Sie wissen ja, wie es in der Bibel formuliert ist: *Und etliches fiel auf den Weg …*»

«… und anderes fiel auf das gute Land und brachte Frucht.»

Geistesabwesend streichelte Marie die Katze Scheherazade, die es sich auf einem Kissen neben ihr bequem gemacht hatte, und hörte nur noch mit halbem Ohr der Unterhaltung zu. Wie hatte sie sich darauf gefreut, nach elf Jahren endlich wieder Eltern zu haben! Und jetzt? Beklommen und verwirrt liess sie sich das Gespräch mit ihrem Vater noch einmal durch den Kopf gehen, das sie unterwegs geführt hatten. Sie fühlte sich vollkommen missverstanden. Wie hatte der Vater ihre Gefühle bezeichnet? Als schmerzliche Verwirrung! Woher wollte er es beurteilen können? Streng und hart kam es ihr vor. Dabei war Marie mit dem Gedankengut der Mission von klein auf vertraut, hatte täglich gebetet und ein Leben mit Jesus als selbstverständlich hingenommen – jetzt aber war alles anders. Widersprüchliche Gedanken und Gefühle erfüllten sie, wenn sie an John dachte. Sie wusste nicht, wie sie damit umgehen sollte. Das Leben erschien ihr ganz sinnlos ohne ihn. Sie versuchte, die Gedanken an ihre Erlebnisse auf dem Schiff zu unterdrücken. Trotzdem blieb ein Hauch von Schuldbewusstsein. Dabei hatte sie John nicht einmal einen Kuss gestattet!

Die Dämmerung brach herein und sofort begann überall ein Singen und Lärmen von Tausenden von Insekten und anderem Getier. Ungewohnt rasch wurde es Nacht, bald lag das Land in tiefer Dunkelheit. Ein zartes indisches Mädchen stellte eine brennende Lampe auf den Tisch. Die Katze Scheherazade erhob sich, sprang geschmeidig auf den Boden und verschwand in der Dunkelheit. Marie stand ebenfalls auf und wünschte allen eine gute Nacht. Im Zimmer angekommen, setzte sie sich in stummer Verzweiflung an einen wackligen Tisch und las im Schein einer kleinen Öllampe in der Bibel, in der Hoffnung, eine Antwort auf ihre quälenden Fragen zu finden, von singenden Mücken umschwärmt und gepeinigt. Tief im Innern wusste sie, dass sie sich dazu durchringen musste, den Eltern zu gehorchen. Wie hatte Mama es genannt? Seligen Verzicht …

Während Marie monatelang hin und her gerissen war zwischen der Liebe zu John und dem Gehorsam gegenüber den Eltern, zeigten sich bei Vater Hermann Gundert immer mehr gesundheitliche Probleme. Die Regenzeit nahm in diesem Jahr kein Ende, alles war mit Wasser überdeckt und zudem unerträglich heiss und feucht. Nicht nur Krankheiten verbreiteten sich, auch alle Sachen schimmelten, vor allem die Bücher.

Schliesslich wurde Vater Gundert krank, eine schwere Durchfallerkrankung wollte kaum mehr enden. Er musste dem ärztlichen Rat folgen und Indien sofort verlassen, um in Europa Erholung zu suchen. Marie und ihre Mutter blieben in Indien, denn sie rechneten fest damit, dass der Vater bald wieder zurückkehren würde. Sie genossen in dieser Zeit die Gastfreundschaft einer gebildeten, englischen Familie in der wildromantischen Landschaft der Blauen Berge.

Nach einigen Wochen, sie waren unterdessen wieder nach Kalikut zurückgekehrt, erhielt Mutter Gundert einen Brief aus Europa. Ungeduldig riss sie ihn auf und begann zu lesen. Ihre dunklen Augen starrten ungläubig auf den Text. Was für eine Mitteilung! Sie raffte ihren Rock zusammen und eilte zu Marie. Mit bitterer Traurigkeit in der Stimme versuchte sie ihr die Nachricht beizubringen.

«Marie, ich weiss gar nicht, wie ich es dir sagen soll. Papa schreibt, dass an eine Rückkehr nach Indien nicht mehr zu denken sei. Der Arzt habe es ihm verboten. Dazu kommt, dass das Komitee der Basler Mission ihn nun im Verlagsverein in Calw braucht.»

«Heisst das, wir müssen nach Europa zurück?», rief Marie bestürzt.

«Es bleibt uns keine andere Wahl.» Schweigend, ratlos und wie gelähmt blickten sie beide auf das unendlich scheinende Meer. Es zeigte sich ölig glatt. Dort irgendwo hinter dem Horizont lag das ferne, kalte Europa.

«Vierundzwanzig Jahre habe ich in Indien verbracht, bei unerträglicher Hitze und endlos scheinenden Regenzeiten. Einen Teil von mir werde ich bestimmt hier zurücklassen», murmelte Mutter Gundert.

«Man sagt, eine Frau könne leichter und tiefer verzichten als ein Mann. Doch ich weiss nicht … mir fällt es ungeheuer schwer. Ich will nicht zurück nach Europa.»

«Ich war die erste Missionsfrau der Basler Mission in Indien. Ich habe nicht nur hier geheiratet, auch alle deine Geschwister sind hier geboren …», Mutter Gunderts Augen blickten plötzlich hoffnungsfroh. «Wenigstens kann ich meine Kinder bald alle in die Arme schliessen. Das entschädigt mich für vieles. Deine älteren Brüder Hermann und Samuel habe ich seit vierzehn Jahren nicht mehr gesehen. Kannst du dir das vorstellen, Marie? Es sind unterdessen junge Männer. Und Friedrich, Paul und mein kleiner David werden sich bestimmt auch sehr freuen, wenn wir zurückkommen!»

«Und ich werde endlich meine Geschwister kennenlernen.»

«Aber ich darf nicht daran denken, dass ich nie mehr unterrichten kann. In Europa ist das Lehren Männersache.»

«Für Papa ist es sicher auch nicht leicht, er ist doch mit Leib und Seele Missionar, spricht viele indische Dialekte, versteht sogar Sanskrit und …»

«Das ist wahr, er lebte ebenfalls weit über zwanzig Jahre in Indien. Doch wenn es Gottes Wille ist, wird er sich ohne Murren fügen. Er schreibt, er werde in Calw die Arbeit beim Verlagsverein aufnehmen. Mit der Herausgabe theologischer Literatur ist er sicher ausgefüllt, und natürlich kann er an seinen Übersetzungen weiterarbeiten.»

«Und ich, was fange ich an, Mama? Stricken und Häkeln und warten, bis mich jemand heiraten will?» Maries Stimme klang gepresst. Mutter Gundert strich ihr unbeholfen über die Wange.

«Papa würde sagen: Wir lassen uns führen und sind still.»

Mit Kisten und Koffern ausgerüstet, machten sie sich im Januar 1860 auf den Rückweg. Der Abschied fiel beiden unendlich schwer, der Mutter, weil sie einen wichtigen Lebensabschnitt und ihre Tätigkeit als Lehrerin beenden musste, und der siebzehnjährigen Marie, weil ihr Indien unterdessen ans Herz gewachsen war, ja, es war ihr in den beiden Jahren zur Heimat geworden. Sie konnte sich schwer vorstellen, keine grossen, trägen Wasserbüffel, die sich im Sumpf wälzten, keine wilden Horden von Affen mit ihren tollkühnen Sprüngen und keine kleinen grünen Papageien mehr zu sehen. Die Menschen und die vielen Palmen würde sie vermissen, ja sogar den Regen, der während der Regenzeit aufs Dach trommelte. Marie wusste, Indien war das Land, in welchem sie geboren war und das sie immer lieben würde.

2. Kapitel
Calw 1860

Calw erwies sich als idyllisches Schwarzwald-Städtchen mit etwa fünftausend Einwohnern, vielen winkligen Gassen und hübschen Fachwerkhäusern. Es lag in einem ziemlich engen Tal mit Wäldern sowie Obst- und Vogelbeerbäumen, Gärten und Landwirtschaft. Der kleine Fluss Nagold prägte das Ortsbild. Auf einer steinernen Brücke stand eine reizende, gotische Kapelle, welche auf die Bedeutung des Städtchens im Mittelalter verwies. Die Sonne schien hell auf den lebhaften Marktplatz mit zwei mächtigen Brunnen, der evangelischen Stadtkirche und dem Rathaus.

Maries jüngere Brüder, der dreizehnjährige Friedrich, der elfjährige Paul und der zehnjährige David, hielten die Familie auf Trab. Vor allem David hing fast nur am Rockzipfel seiner Mutter. Er hatte die Ankunft seiner lange vermissten Mama fast nicht erwarten können. Mit den tröstenden Worten «Du wirst es schon noch erleben» wusste er nicht viel anzufangen. Als sie endlich zur Tür hereinkam, warf sich der Zehnjährige jubelnd auf den Boden und schrie: «Es ist erlebt, es ist erlebt!» Vier Jahre lang hatte er sie im Knabenhaus in Basel vermissen müssen, nun war sie wieder da – Mutter Gundert schloss ihn in die Arme. Sie ahnte, wie sehr der Bub sie vermisst hatte.

Auch Friedrich konnte an diesem Abend vor lauter Aufregung nichts essen. Er war zusammen mit Paul von Indien aus zurück nach Europa ins Unbekannte gefahren, und danach waren sie beide im Kinderhaus in Basel über fünf lange Jahre auf sich alleine gestellt gewesen. Mutter Gundert hatte den Tag ihres Abschieds ebenfalls nie vergessen, das Weinen und Schluchzen der beiden Knaben, als sie auf dem Schiff ohne Eltern wegfahren mussten, hatte sie noch lange verfolgt. Wie schwer war ihr der Verzicht gefallen! Nun hatte die Familie wieder zusammengefunden.

Der übergrossen Freude, endlich wieder bei den Eltern leben zu dürfen, folgte nun langsam das Eingewöhnen in einen regelmässigen Tagesablauf. Marie erlebte den Frühling im Schwarzwald voll Freude. Das zarte Grün, die vielen Blüten, der Geruch der frisch gepflügten Felder, die Schwalben, die spielerisch im blauen Himmel ihre Kreise zogen, der blanke Fluss und die vielen Fachwerkhäuser mit ihren hohen Giebeln, alles entschädigte sie ein wenig für die sehnsuchtsvollen Gedanken an Indien. Das Land ihrer Träume lag weit entfernt, deshalb dachte sie auch immer seltener an John. Sie vergrub ihn tief in ihrem Herzen und liess sich von den Wünschen und Vorstellungen ihrer Eltern leiten: Schlichtheit, Bescheidenheit und eine tiefe Religiosität standen im Mittelpunkt des Strebens. «Ich muss mich fügen und schweigen, ich darf nicht meinen eigenen Weg suchen, Gott soll mich führen, denn ich bin Gottes Kind», schrieb sie ergeben in ihr Tagebuch.

Während sie die unterschiedlichen Jahreszeiten mit wachen Sinnen durchlebte, wartete und träumte Marie, und hoffte auf etwas, was sie nicht in Worte fassen konnte. Manchmal schien es ihr, als ob sie das enge Schwarzwaldtal nie mehr verlassen könne. Sie schweifte in Gedanken durch Marseille, Kairo, ja selbst das heisse, stickige Aden schien ihr in der Erinnerung verlockend. Sie sehnte sich nach Indien, nach dem Meer, den Palmen, dem Gewimmel von Leuten, den Rufen und Gerüchen. Es hatte nicht viel Sinn, davon zu erzählen, niemand konnte begreifen, dass das alte, schwäbische Städtchen im Nagoldtal ihr nichts Vergleichbares zu bieten hatte, dass in Indien der Himmel in einem andern Blau leuchtete, die Häuser unterschiedlich erbaut und die Menschen lebhafter und fröhlicher waren. Hier in Calw lebten die Leute seit Generationen in denselben Häusern. Was ausserhalb geschah, interessierte wenig, dafür umso mehr, was innerhalb des Städtchens vor sich ging. Alles hatte seine Norm, jeder wusste, was er zu tun oder zu lassen hatte, fest und unverrückbar.

Marie verband wenig mit diesem Ort, denn aufgewachsen war sie in Basel. Dort hätten sie bestimmt schöne Erinnerungen eingeholt, und sie hätte die Plätze und Häuser anders betrachtet. Aber hier in Calw? Die Mutter litt vermutlich unter ähnlichen Gefühlen. Sie stammte aus der welschen Schweiz und war die Weite der Seelandschaft gewöhnt, hier im Schwarzwald fühlte sie sich von der Welt abgeschnitten. Sie redeten aber nie zusammen darüber.

Marie wusste, dass ihre Mutter mit eiserner Disziplin und calvinistisch-strengen Glaubensgrundsätzen aufgewachsen war, aufrecht, gerade und nüchtern. Das kam ihr nun zugute. Marie bewunderte sie. Ihr selbst gelang es längst nicht so gut. Doch sie wusste, sich fröhlich unterordnen, sich bescheiden und ein Opfer bringen, gehörte zum wesentlichen Bestandteil des christlichen Glaubens.

Im Hause Gundert beherrschte der starke, konsequente väterliche Geist den Alltag. Es war ein ruhiges, bürgerliches Sein. Vater Gundert verbrachte seine festgelegten Arbeitsstunden in seinem Studierzimmer und im Verlag. Daneben widmete er sich seiner Grammatik und den Übersetzungen, hielt Reden auf verschiedenen Missionsfesten, besuchte Kongresse und hielt Andachtsstunden ab. Die Frauen besorgten den Haushalt und betreuten die vielen Gäste von nah und fern, welche der Calwer Bevölkerung fremdländisch und exotisch vorkamen.

Mit viel Fleiss stürzte sich Mutter Gundert neben den Hausfrauenarbeiten in neue Aufgaben. Selbst der tagelange Landregen hielt sie nicht davon ab, Krankenbesuche zu machen, auch wenn ihre Deutschkenntnisse sehr zu wünschen übrig liessen. Sie ging jeweils mit dem Neuen Testament in der Tasche aus dem Haus. Sie wollte Deutsch lernen – nicht etwa, um einkaufen zu können, sondern um mit den Leuten die christliche Botschaft auszutauschen. Ihr französisches Temperament stiess bei den schwäbischen Einwohnern allerdings nicht immer auf Verständnis, es gab viel zu reden, aber ihre schlichte, einfache Art gewann immer mehr die Herzen. Sie stärkte ihren Glauben in pietistischen Gebetsstunden und gründete bald auch einen Missionsfrauenverein. Wenn sie dort englisch betete, übersetzte Marie ins Deutsche. Der Missionsfrauenverein nähte und verkaufte bald auch mit grossem Erfolg Puppen in indischen Kleidern.

Die kirchlichen Kreise von Calw sahen den eifrigen Tätigkeiten der beiden Frauen mit gemischten Gefühlen zu, sie fühlten sich übergangen und in ihrem seelsorgerischen Tun beschnitten. Eine Frau sollte in ihren Augen zu Hause bleiben und nicht so selbstständig sein! In einem persönlichen Gespräch mit Vater Gundert beschwerte sich der Pfarrer und verlangte, dass er den Frauen verbieten solle, seelsorgerisch tätig zu sein. Es herrsche schliesslich keine Gewerbefreiheit. Vater Gundert entgegnete entschieden, dass er die Tätigkeiten von Frau und Tochter nicht regulieren wolle.

Marie unterstützte die Mutter, wo sie nur konnte. Sie halfen auch beide im Calwer Verlagsverein mit, sei es im Korrekturlesen oder mit Übersetzungen ins Englische, obwohl auch hier die anderen Mitarbeiter dieser weiblichen Mithilfe sehr skeptisch gegenüberstanden. Der Verlag war eine reine Männerwelt. Dass hier weibliche

Maries Eltern Julie und Hermann Gundert.

Wesen Übersetzungen machten und die Bibliothek ordneten, war äusserst befremdlich. Marie und ihre Mutter liessen sich davon nicht beeindrucken. Sie waren sich von Indien her gewohnt, selbstständig zu handeln und sich nicht um die Meinung der andern zu kümmern.

Während der Sommerferien kamen Hermann und Samuel aus dem Basler Missionshaus zu Besuch. Marie konnte nun endlich ihre älteren Brüder richtig kennenlernen. Es waren zwei junge, ernsthafte Männer, bereits zwanzig und einundzwanzig Jahre alt. Mutter Gundert musste schmerzlich feststellen, dass sie Mühe hatte, in den beiden jungen Männern ihre Kinder wiederzuerkennen, die sie vor mehr als vierzehn Jahren in Europa hatte zurücklassen müssen. Es waren fast Fremde für sie, obwohl sie mit ihnen viele Briefe ausgetauscht hatte – wie viel hatte sie verpasst! Sie äusserte diese Gedanken jedoch nicht laut, aber es schmerzte und bedrückte sie.

Marie hingegen genoss es, zum ersten Mal alle Brüder um sich zu haben und eine richtige, grosse Familie zu sein. Jahrelang hatte sie ihre Geschwister nicht gesehen, nun hatte sie auf einen Schlag fünf Brüder, Hermann und Samuel, die ihr noch vollkommen fremd waren, obwohl sie gleichzeitig mit Marie die Jugendzeit in Europa verlebt hatten, sowie Friedrich, Paul und David. Die drei Jüngeren waren in Indien geboren, während Marie in Basel weilen musste.

Die Familie machte nun zusammen Ausflüge, um die Umgebung näher kennenzulernen, abends spielten sie

Halma oder Karten und genossen das Familienleben ganz bewusst, denn die beiden «Grossen», Hermann und Samuel, wollten nach den Sommerferien wieder nach Basel, um sich als Missionare ausbilden zu lassen. Marie wäre zu gerne mit ihnen gegangen, aber sie wusste, als Frau war ihr dieser Weg versperrt.

Der klare, gleichförmige Lebensrhythmus liess Marie und Mutter Gundert die spontanen Entscheidungen vermissen, die in Indien das Leben beherrscht hatten. Dort war kein Tag gleich gewesen, stets hatte man auf Überraschungen gefasst sein müssen, entweder gab es plötzlich kein Wasser mehr, oder eine Schlange oder ein Skorpion hielt einen in Atem, oder die Affen hatten etwas aus dem Haus gestohlen. Hier bot nur der Besuch von Missionsfesten Abwechslung.

Die Musik und das Verfassen von kleinen Gedichten hielten Marie über Wasser. Manchmal wanderte sie, gekleidet mit einem schlichten, langen Rock, einem kleinen Hut und Handschuhen, auf der holprig gepflasterten Strasse zum Marktplatz, grüsste höflich nach rechts und links, ging vorbei an den Pferden und Ochsen, welche vor die Bauernwagen gespannt geduldig warteten. Immer wieder staunte sie über die vollkommen andere Lebensart in Europa, die geordnete Ruhe und den in sich geschlossenen Lebensrhythmus.

In den im Erdgeschoss befindlichen Werkstätten arbeiteten die vielen fleissigen Handwerker, die mürrisch oder auch pfeifend ihren Beruf ausübten. Selbst die Hunde und Katzen schienen sich an die Ordnung zu halten und lagen nicht mitten auf der Strasse wie in Indien. Marie betrachtete im Vorübergehen die alten, mächtigen Brunnen und lächelte über die vielen Tauben, die ängstlich davonstoben, wenn sie ihnen zu nahe kam. Das wilde Durcheinander gefiel ihr. Sie schritt an der alten Apotheke, der Konditorei und einem Buchladen vorbei und strebte zur Ledergasse hinunter, um im dortigen Kramladen einzukaufen. Sie liebte diesen Laden, der sie mit seinen Kolonialwaren ganz entfernt an Indien denken liess, mit seinen Düften von Wein, Most, Zigarren, Seife und Tee. Es waren Gerüche, die sie an etwas erinnerten, das endgültig verloren schien.

Unterdessen war Marie zwanzig Jahre alt geworden und hatte gelernt, ihren Willen dem christlich-pietistischen Gedankengut unterzuordnen. Wenn sie sich daran hielt, blieb das Leben klar und friedlich. Hier gab es den Morgenchoral, das Bibelwort, die Pflicht und gute Vorsätze, wenn auch hin und wieder unterbrochen von einem schlechten Gewissen, von Schuld und Verzeihung.

«Papas Gesundheit hat sich in den drei Jahren zusehends gebessert. Er isst wieder mit grossem Appetit, nicht wahr?», äusserte sich Marie erfreut gegenüber ihrer Mutter.

«Ja, es zeigt mir, dass der Umzug von Indien hierher richtig war, obschon es mir vorkam wie ein Sterben.

Und seit wir in dieses düstere Haus gezogen sind, kommt mir dieser Gedanke immer wieder hoch. Mir fehlt die warme Sonne, das indische Licht. Dort war es in überreichem Mass vorhanden, doch hier fehlt es fast ganz.»

Als Nachfolger des verstorbenen Verlagsleiters hatte Vater Gundert mit seiner Familie ins Verlagshaus ziehen müssen. Es war eng an einen Felsen gebaut und kam Marie vor wie eine dunkle, feuchte Höhle. Wenig Sonnenlicht drang in die Räume. Sogar Vater Gundert murrte, er fühle sich wie in einer Falle. Die frostigen, in düsteren Farben gehaltenen Zimmer boten einen trostlosen Anblick, da halfen auch die dekorativ in Falten gelegten Vorhänge aus weinrotem Samt nicht darüber hinweg. Für Marie gab es nur ein einziges Zimmer, in welches sie hin und wieder einen sehnsüchtigen Blick warf, das Zimmer ihres Vaters.

«Papa hat sein Zimmer ganz indisch eingerichtet. Ein Kästchen aus Sandelholz, die Statue des tanzenden Gottes Shiva, ein Flöte spielender Krishna, alte indische Schriften, kleine Götterbilder aus Holz oder Glas, Kokosschalen, fremdartige Vogeleier und verzierte Becher aus Messing von Ceylon, das gefällt mir.»

«Und im Schrank liegen indische Tücher in allen Farben. Wenn man ihn öffnet, riecht es nach Indien, nach Gewürzen und Sandelholz. Ich meine dann immer, jetzt müsste ich gleich das Meer rauschen hören», ergänzte Maries Mutter sehnsuchtsvoll.

«Oder das Quaken eines Frosches. Weisst du noch, wie Kröten und Frösche in unser Haus eindrangen, weil es keine Haustür gab? Ja selbst vor unsern Betten machten sie keinen Halt.»

«Stimmt. Das wäre aber nicht so schlimm gewesen, wenn ihnen nicht die Schlangen nachgefolgt wären.» Sie brauchten keine weiteren Worte mehr zu verlieren, beide wussten, wie das andere sich fühlte.

Jeden Sonntag gingen sie zur Kirche und verbrachten zusammen den Nachmittag bei einem Spaziergang. Sie schlenderten den Fluss entlang, sogen die herrlich frische Luft ein, Krokusse blühten und Schlüsselblumen säumten den Weg, und sie freuten sich am Gesang der Vögel in den vielen Weidenbüschen und Erlen. Der ferne Wald und die schwach dunstige Hügellandschaft, die Bäume im jungen, zarten Grün und das hell glitzernde Wasser liessen alle freudig den Tag geniessen.

«Marie», eröffnete ihr da der Vater, «hast du gewusst, dass du letzten Sommer bei Charles Isenberg einen grossen Eindruck hinterlassen hast?»

«Charles Isenberg? Meinst du den Sohn von Missionar Isenberg? Ich kann mich nur noch schwach an ihn erinnern.»

«Er ist zweiundzwanzig Jahre alt, zwei Jahre älter als du», mischte sich die Mutter mit hörbarer Begeisterung in der Stimme ein, «er hat uns geschrieben, er denke ans

Heiraten.» Marie schwieg betreten und ein Schatten glitt über ihr Gesicht. Sie spürte, dass dieser Mann den Eltern höchst willkommen war, aber sie dachte sofort an John. Sollte sie nun einen andern lieben und heiraten? Jemanden, an den sie sich kaum erinnern konnte? Andererseits wusste sie, dass sie nicht wählen durfte, sie hatte sich dem Wunsch der Eltern zu fügen.

«Charles Isenberg will auch Missionar werden, steht bald vor dem Abschluss, und wenn alles nach seinen Vorstellungen läuft, wird er kommen und um deine Hand anhalten.» Marie blickte zögernd auf den Vater.

«Ich weiss nicht …», murmelte sie zurückhaltend, «… ich kenne ihn doch gar nicht.»

«Eine Missionsbraut, die nach Indien reist, sieht ihren Zukünftigen überhaupt erst, wenn sie dort ankommt. Wenn Gottes Segen auf der Verbindung liegt, wird alles gut werden.» Marie nickte beklommen. Mit grosser Unruhe und voller Zweifel wartete sie bang auf den Tag der ersten Begegnung mit Charles Isenberg. Die Ungewissheit zehrte an ihr. Was, wenn er ihr nicht gefiel?

«Wenn er mich liebt, werde ich es nicht so schwer finden, ihn auch zu lieben», schrieb sie ergeben in ihr Tagebuch. Doch es dauerte einige Wochen, bis endlich an einem strahlenden Maientag das Wiedersehen vorbereitet wurde. Marie versuchte, die aufsteigende Nervosität niederzukämpfen.

Als die Tür aufging, starrte sie auf die grosse Gestalt des Mannes, musterte seine blonden, gelockten Haare, die sich bereits lichteten und seine Stirne gross erscheinen liessen, den breiten Mund, den blonden Bart, fühlte seine blauen Augen auf sich ruhen und sah sein warmes Lächeln im Gesicht. Er wirkte verlegen, doch er strahlte etwas aus, das ihr zeigte, dass er ein durch und durch ernsthafter Mensch sein musste. Er war kein aufsehenerregender Mann, eher unauffällig, aber angenehm wirkend, und trotzdem weit vom Mittelmass entfernt. Marie spürte, dass sie einer Verbindung mit ihm durchaus zustimmen konnte.

Mit dreiundzwanzig Jahren, nach drei langen Jahren des Wartens, durfte Marie im September 1865 zusammen mit fünf weiteren jungen Damen als Missionsbraut nach Indien reisen. Sie wurden begleitet und streng behütet von einigen Missionsbrüdern. Charles Isenberg hatte sich bereits zehn Monate früher auf den Weg gemacht. Marie freute sich auf die Reise und auf Indien. Sechs Jahre lang hatte sie das indische Leben vermissen müssen! Über Basel und Marseille ging es mit einem Dampfschiff nach Alexandria, zusammen mit rund dreihundert Passagieren.

Den fünf anderen Missionsbräuten stand die Zukunft weniger klar vor Augen. Keine einzige kannte das Land und ebenso wenig ihren Bräutigam, sie besassen nur ein Bild von ihm. Das Heiraten von Missionaren wurde von der Basler Mission geregelt. Das begann mit der Heiratserlaubnis durch das Komitee,

Charles Isenberg.

welches auch die passende Braut ausgesucht hatte, und endete mit einer Reise ins entsprechende Land.

Die Missionsbräute teilten auf dem Schiff zusammen zwei Kabinen. Sie wussten alle: Nun waren die Weichen gestellt, es gab kein Zurück mehr.

«Mir geht der Choral nicht aus dem Kopf, den die Seminaristen im Basler Missionshaus für uns gesungen haben: *Zieht fröhlich hinaus zum heiligen Krieg.* Offen gestanden bin ich keineswegs fröhlich. Für mich ist es vielmehr ein trauriges Abschiednehmen, ein bitteres Loslassen vom Lebenskreis, von den Mädchenjahren, der Familie, von der Heimat», seufzte Martha, eine der jungen Frauen, und wischte sich verstohlen ein paar Tränen aus den Augen.

«Mir geht es ähnlich. Es ist ein Abschiednehmen von allem Vertrauten. Dazu kommt, dass man nicht weiss, was einen erwartet. Ich muss immer daran denken, was mir bei einem Misslingen wohl passieren würde. Wenn ich krank werde oder die Hitze nicht ertrage, muss ich dann wieder zurück? Und wie würde ich dann dastehen?», fügte Irmgard unsicher bei. Blond gelockte Haare umrahmten ihr Gesicht, streng zusammengefasst mit einem Knoten im Nacken. Sie liessen sich nur schwer bändigen, deshalb sah sie immer etwas zerzaust aus. Marie stand auf und trat an die Reling.

«Seid still! Ihr wisst, man soll sein Schicksal Gott und der Zeit überlassen», versuchte sie ihre Zimmergenossinnen zu beruhigen.

«Dies wurde mir auch immer gepredigt, von Kindheit an. Ich gehe ja nach Indien, um dem Herrn zu dienen. Das ist mein Ziel, mein Glaube an das Werk der Mission. Abgesehen davon wurden wir von der Basler Mission auf Herz und Nieren geprüft, ob wir geeignet, gesund, demütig und gebildet genug seien …»

«… und leiden können, ohne zu klagen!»

«Ich bin auch da im Zweifel. Genügt es, wenn ich leiden kann, ohne zu klagen? Stimmt das wohl mit den Wünschen der Missionare im Feld überein? Missionare sind keine Heiligen, auch sie haben Mängel, Schwächen und Wünsche, so wie wir auch. Was geschieht, wenn mich der mir bestimmte Mann nicht mag – oder ich ihn nicht? Wenn ich seinen Vorstellungen nicht entspreche? Was nutzt es dann, wenn ich leide, ohne zu klagen?» Martha betrachtete eine Fotografie, die sie in den Händen hielt. «Auf dem Bild sieht er ja recht nett aus, aber ob ich ihn lieben kann, wenn ich ihn sehe?»

«Das kann dir genauso gut in Europa passieren!», meinte Marie trocken und ihre dunklen Augen blickten schalkhaft.

«Natürlich weiss man nie, was einen erwartet, wenn man heiratet. Aber man kennt doch wenigstens den Mann etwas näher. Das einzig Konkrete, das ich neben dem Bild von meinem zukünftigen Bräutigam besitze, sind die Angaben zum Umfang seines Ringfingers, weil ich ja die Eheringe mitbringen muss. Damit lässt sich nun wirklich nicht viel anfangen.»

«Unsere Missionare plagen wahrscheinlich dieselben Gedanken. Sie haben bestimmt auch konkrete Wünsche und Vorstellungen, doch sie dürfen sich in Indien keine Frau aussuchen.»

«Stimmt, wer ohne Genehmigung heiratet, wird entlassen! Sie müssen die Frau heiraten, die vom Basler Komitee bestimmt wird. Mein Bräutigam hat mir geschrieben, dass es uns wohl beiden ziemlich bange sei. Das Fundament sei jedoch, dass Gott uns zusammengeführt habe, darum würde sicher alles gut werden.»

«Meiner hat mir ein zartes, grünes Zweiglein geschickt aus Indien. Das habe ich in mein Heft mit den gepressten Pflanzen gelegt. Für mich ist dieses kleine Geschenk sehr bedeutsam, es zeigt, dass er einen feinen Sinn besitzt, nicht wahr?» Martha betrachtete Irmgard etwas neidisch.

«Ein wunderschönes Symbol! Mein Bräutigam hingegen hat dem Komitee eine Liste der Frauen geschickt, die für ihn infrage kommen, und dazu gleich auch noch angegeben, wie die Verlobungskarte aussehen soll. Ich denke, er ist ein Mensch, der alles genau plant und wohl einen eher trockenen Charakter aufweist. Zum Glück ist das auch meine Art, sodass wir vielleicht zusammenpassen werden.»

Marie lenkte das Gespräch auf ein anderes Thema.

«Ist es nicht auch eine Chance, aus der heimatlichen Enge auszubrechen? In Indien haben wir Frauen viel mehr Selbstständigkeit als daheim. Wir können unterrichten und erleben etwas. Wie habe ich das vermisst! Kein Tag ist wie der andere, glaubt mir.»

Es gab viel zu reden auf der langen Reise ins Ungewisse. Die Heirat in Indien schien etwas Fernes, Abstraktes zu sein, das sie mit Neugierde erfüllte. Es war unwirklich und etwas unheimlich, fast wie die Welt eines anderen Planeten.

In Alexandrien bestiegen sie die Eisenbahn nach Kairo. Mit Begeisterung wurden die ersten Palmen und Kamele betrachtet, welche vom Fenster aus zu sehen waren. In Kairo schliefen sie zum ersten Mal unter Moskitonetzen. Am folgenden Tag mussten sie, eingepfercht in einem engen Gefährt, eine anstrengende Fahrt durch die heisse Wüste hinter sich bringen bis nach Suez, um schliesslich wieder mit dem Schiff nach Aden zu gelangen.

«Man ist dabei, einen Kanal zu bauen vom Mittelmeer zum Roten Meer. Das wird die Reise später viel angenehmer machen. Es wird dann nicht mehr nötig sein, in Alexandrien auszusteigen und per Bahn nach Kairo zu fahren, und schon gar nicht vollkommen durchgeschüttelt durch die heisse Wüste zu reisen», berichtete Mister Hyde, einer der Begleiter der Missionsbräute.

«Einen Kanal zum Roten Meer?», fragte Marie erstaunt.

«Ja, man hat bereits vor sechs Jahren mit Bauen begonnen. Fast zweitausend Kamele trugen die vielen

Werkzeuge hin, auch Holz und Eisen, einfach alles. Unterdessen wurden mit Dampfmaschinen einige Verbesserungen vorgenommen. In vier bis fünf Jahren soll der Kanal fertig sein.» Marie schüttelte ungläubig den Kopf.

«Sie meinen, dass wir das tatsächlich noch erleben und auf der Rückfahrt von Indien in ein paar Jahren die ganze Reise mit dem Schiff machen können?»

«Ja, so ist es geplant. Aber die Hitze wird bleiben. Die heisse Wüste war nichts gegen die Hitze hier in Aden. Es ist unerträglich und drückend. Ich glaube, hier wohnt der Teufel», seufzte Mister Hyde und verzog angewidert das Gesicht.

«Ich habe ganz vergessen, wie unangenehm es hier ist», bestätigte ihm Marie, «ich habe ständig Durst, die Wüstenluft trocknet meinen Mund vollkommen aus. Dabei ist das Wasser ungeniessbar, man kann es unmöglich trinken.»

«Ich sauge an Zitronen, das hilft gegen den Durst.»

«Aden ist und bleibt eine trostlose Stadt. Ich kann niemandem empfehlen, hier an Land zu gehen. Ich habe sie schon zweimal besucht, das reicht. In den Gassen ist es stickig, und in der Luft liegt ein unangenehm aromatisches Gemisch von Fisch, Gewürz, Fett, Katzen und Kot.» Alle nickten ergeben. Bei dieser Hitze schien es das Klügste, auf dem Schiff zu bleiben und ergeben darauf zu warten, bis es weiterfuhr.

Je näher sie Indien kamen, desto mehr stieg die Spannung. Es war ein banges Hoffen und ängstliches Erwarten. Am 16. Oktober, nach fünf Wochen Reise, gelangten sie endlich zu ihrem Ziel Pondicherry[2]. Der kühlende Fahrtwind hatte nun aufgehört, und sie spürten alle die heisse tropische Luft. Obwohl das Schiff etwas entfernt vom Ufer ankerte, konnte Marie bereits den vertrauten Duft wahrnehmen, diesen typischen, betörenden Geruch von Gewürzen, Knoblauch, Kümmel und Koriander, von Butterfett und Landwirtschaft. Dazu schien ihr der Lärm, der vom Land herüberhallte, sehr vertraut.

In kürzester Zeit war ihr Schiff umgeben von unzähligen kleinen, bunten Booten mit dunkelhäutigen Männern, welche laut rufend Waren anpriesen. Mister Hyde fuhr als Erster an Land und brachte für jede Missionsbraut einen dekorativen Fächer mit. Ein Hindu in einem schmutzig-weissen Lendentuch, das er wie eine Pluderhose um sich gewickelt hatte, kam ebenfalls an Deck; er gehörte einer unteren Kaste an, doch Marie hätte vor Freude am liebsten laut gejubelt und ihn umarmt. Sie war wieder in ihrer Heimat! Mit begierig offenen Augen starrte sie zum Ufer und hoffte insgeheim, irgendwo Charles Isenberg zu entdecken. Doch sie sah nur einen grossen, herrisch aussehenden Mann in Tropenklei-

2 heute Mahe/Puducherry

dung, der im Schatten eines Hauses der glühenden Hitze zu entkommen versuchte. Ob es ein Missionar war, der auf seine Braut wartete? Dann erblickte sie einen Wasserträger und seufzte laut: «Endlich wieder frisches Wasser!» Unzählige Verkäufer mit Körben voller Waren und frischen Früchten sassen auf dem Boden kleiner Buden. Es schien ein Gewirr von Menschen, Karren, Kühen, Mauleseln, Hunden und eine reiche Palette an Farben zu sein, ein Gemisch von bunt und laut. In der Ferne lockten einige Palmen mit ihrem Schatten.

Marie prüfte den Sitz ihrer braunen Haare unter dem Hut, tupfte mit einem Taschentuch die Schweisstropfen von der Stirn, strich ihren langen Rock glatt, zog ihre Handschuhe an und wartete ungeduldig darauf, an Land gehen zu dürfen, hinein in dieses Gewimmel, um endlich wieder teilhaben zu können am indischen Leben, obwohl sie genau wusste, von nun an würde sie wohl nie mehr einen Augenblick allein sein.

Ihr älterer Bruder Samuel, der bereits seit einiger Zeit als Missionar in Indien weilte, überraschte sie an Land und begleitete sie auf dem Weg. Maries erstes Ziel war das Missionshaus von Cannanore[3]. Dort sollte sie Charles Isenberg treffen. Und tatsächlich: Da stand der Heissersehnte. Sie hatte gar nicht mehr gewusst, wie er aussah.

[3] heute Kannur

Die blonden Haare, die breite Stirn und der blonde Bart im sonnenverbrannten Gesicht standen ihm gut. Als Marie in seine grossen, blauen Augen blickte, wusste sie wieder mit Sicherheit, dass sie dem richtigen Mann ihr Jawort geben würde.

In einem bizarren Wagen fuhren sie nun zusammen nach Talatscheri, dem Geburtsort von Marie und Wirkungsort ihres Bruders Samuel. Es war ausgemacht, dass er sie trauen würde. Immer wieder durchquerten sie ein indisches Dorf, das von Menschen und Tieren nur so wimmelte. Geschickt umrundeten sie hin und wieder eine magere Kuh, welche oft gelassen mitten auf der Strasse stand und sich vom Verkehr und den vielen Leuten vollkommen unbeeindruckt zeigte.

Am 10. November 1865 wurde die Hochzeit gefeiert. Das Kirchlein war überfüllt mit Gästen aus nah und fern, Missionarsfrauen und Engländerinnen sassen mit ihren langen Röcken und steifen Hüten in den Bänken, einige Herren trugen ihre weissen Tropenhelme in den Händen. Rama, der ehemalige alte Knecht von Vater Gundert, sorgte für alles. In einem vornehm wirkenden, goldverzierten Turban betreute er die Leute, wies die vielen Kinder an, ruhig zu sein, und jagte verirrte Hunde aus dem Raum.

Marie erlebte das Ganze wie in einem Traum. Mit Kranz und Schleier geschmückt, schritt sie zusammen mit Charles zur Trauung und war glücklich. Nur der Gedanke, dass die Eltern nicht mit dabei sein konnten, stimmte sie nachdenklich. Aber viele Jahre ihres Lebens hatte sie ohne ihre Eltern Freudiges und Trauriges durchstehen müssen, sie hatte gelernt, mit Gottes Beistand auf eigenen Füssen zu stehen, deshalb wählte sie für ihre Hochzeit den etwas ungewöhnlichen Bibelspruch: *«In der Welt habt ihr Angst, aber seid getrost, ich habe die Welt überwunden.»*

Als nach dem Jawort die Seminaristen mit Harmonium begleitet das *Halleluja* aus dem Messias von Händel sangen, fragte sich Marie, ob sie in Indien oder in Europa sei. Nicht nur Missionsgeschwister waren von überall her angereist, auch viele Einheimische hatten sich eingefunden und bestaunten voll Neugier die christliche Hochzeitszeremonie. Zu jedem Fenster und jeder Türspalte schauten die scheuen Gesichter herein. Es wimmelte von prachtvollen farbigen Gewändern und Turbanen aus Seide, und die Zikaden zirpten mit der Musik von Händel um die Wette.

Charles hatte sogar Feuerwerk mitgebracht, das er bei einbrechender Dunkelheit zur grossen Freude aller abbrannte. Weil das Missionshaus auf einem Hügel stand, war es weitherum sichtbar.

3. Kapitel
Haidrabad 1865

Das Gebiet des Sindh-Landes[4], welches ihnen von der Basler Mission zugewiesen worden war, befand sich im Einzugsbereich des mächtigen Indus-Stromes. Es war eine flache, öde, wüstenähnliche Gegend.

Sie erreichten ihr Ziel nach einer wochenlangen, mühsamen Reise in den Norden. In Karatschi erwartete sie ihr neuer Butler Muhammed Khan, um sie bis nach Haidrabad zu begleiten. Der würdevoll wirkende junge Mann mit seidenem Turban trug einen weissen Anzug. Er bemühte sich ums Gepäck, ohne sich im Geringsten schmutzig zu machen. Sein Benehmen war tadellos, vielleicht hatte er vorher bei Engländern gedient. Er deutete eine Verbeugung an. Marie verstand kein Wort seiner Begrüssung und lächelte ihn scheu an. Hier sprach niemand Malayalam, sondern Hindi. Sie musste es möglichst rasch lernen, nahm sie sich vor.

Die Reise von Karatschi nach Haidrabad war eindrücklich, Marie erlebte sie mit weit offenen Augen. Sie betrachtete die Lehmhütten mit ihren flachen Dächern, ein paar Kamele, die im Schatten ausruhten, nackte

[4] heute Pakistan

Kinder, daneben junge, bunt gekleidete Frauen, Männer mit weiten weissen Hosen, einige magere Esel sowie Reis- und Baumwollfelder. Hin und wieder bemerkte sie Bäume und Büsche, aber der Haupteindruck zeigte eine trockene, weite Flusslandschaft.

«Zur Regenzeit sind hier ganze Landstriche überschwemmt, hat man mir berichtet», unterbrach Charles ihre Gedanken, «weil der Indus weit entfernt im Himalaja entspringt, bringt er grosse Wassermengen mit sich.»

«Steht dann auch unser Missionshaus unter Wasser?»

«Ich habe keine Ahnung, ich habe nichts dergleichen gehört. Aber stell dir diese Gegensätze vor! Zuerst wüstenhafte Trockenheit und danach Überschwemmungen, damit müssen wir umgehen lernen.»

«Hitze und Regenzeit sind mir bereits vertraut von Kalikut her.»

«Im Gegensatz zu Kalikut ist es hier im Winter aber recht kühl, es kann nachts leicht Temperaturen unter zwanzig Grad geben. Man muss sich dann warm anziehen. Doch es gibt immer frische Früchte und Gemüse.»

«Und die Rosen blühen! Ich kann es kaum glauben, mitten in der Wüste und im Dezember. Da singt man doppelt freudig *Es ist ein Ros entsprungen,* nicht wahr?»

Es zeigte sich, dass sogar die Mauer des Missionshauses mit Heckenrosen umrankt war. Während Marie sie entzückt betrachtete, kam ein brauner, struppiger Hund auf sie zugetrabt, blieb einen Moment unentschlossen stehen, dann schnupperte er an Maries Beinen und begann mit dem langen Schwanz zu wedeln.

«Das ist Dan», erklärte Butler Muhammed mit seiner rauen Stimme, «er gehört zum Haus. Er ist ganz brav und zutraulich.» Marie verstand nicht, was er sagte, aber sie konnte es erraten.

«Der Hund heisst Dan? Schön, so freudig begrüsst zu werden. Er wird es bestimmt gut haben bei uns.» Sie streichelte seinen Kopf.

«Ich wohne mit meiner Frau und meinen Kindern in der Wohnung gleich neben der Küche, wenn Sie irgendeinen Wunsch haben sollten.»

Am nächsten Morgen erschien Muhammeds Frau mit ihren Kindern, gekleidet in einer festlichen Tracht und mit viel Schmuck. Ihr schwarzes Haar trug sie in einem dicken langen Zopf geflochten, der auf ihren Rücken fiel. Die Kinder staunten Marie mit ihren dunklen Augen neugierig an, nachdem sie sich verneigt, und die Handflächen gegeneinander gelegt ihre Stirn berührt hatten. Es war offensichtlich, dass sie einen Antrittsbesuch abstatteten. Die beiden Frauen konnten sich nicht verständigen, sie versuchten es mit Gesten und Grimassen, was sie zum Lachen brachte. Marie holte schliesslich Charles, damit er ihr helfen konnte. Das war jedoch der falsche Ansatz. Die Frau reagierte verlegen und verschwand bald. Es widersprach ihrem Anstandsgefühl, mit dem Missionar im selben Raum zu weilen, denn indische Frauen blieben stets unter sich.

«Sie sagt, sie wolle, dass die Mädchen nähen, aber auf keinen Fall Englisch lernen sollen.»

Marie blickte Charles erstaunt an.

«Das begreife ich nicht.»

«Englisch sei keine gute Sprache, meinte sie.»

«Keine gute Sprache? Wahrscheinlich hat man Mühe damit, zu einer britischen Provinz zu gehören.»

«Vermutlich. Hier lebt ein stolzes Volk mit einer grossen Vergangenheit, die weit zurückreicht.»

«Sobald ich etwas Hindi sprechen gelernt habe, werde ich mit der Schule beginnen. Gegen das Christentum haben sie aber nichts einzuwenden, oder?»

«Wir werden es bestimmt nicht einfach haben. Das Bekehren ist eine schwierige Angelegenheit, wenn man es ernst nimmt.» Marie spürte seine Begeisterung für die gute Sache und wusste, dass er es mit Ruhe angehen würde, wie es seine Art war. Sie lernte ihn jeden Tag ein wenig besser kennen, seine Gaben und Eigenheiten, und hoffte, dass auch er ihre ganz andere Art akzeptieren würde. Es war ein behutsames Aufeinanderzugehen, Zuhören, Abtasten und Einordnen.

Schon nach einigen Wochen, sobald Marie etwas Hindi beherrschte, begann sie mit der Mädchenschule. Sechs Mädchen und zwei Kleinkinder fanden sich ein, das adrett gekleidete Töchterchen des Butlers mit einer nahen Verwandten sowie vier einfache Mädchen aus dem Dorf mit verfilzten Haaren und verdreckten, schlecht riechenden Kleidern. Marie hatte Mühe, sich nicht anmerken zu lassen, dass es sie ekelte. In Kalikut hatte sie keine derart schmutzigen Kinder in der Missionsschule erlebt.

«Es sind wahrscheinlich Waisenkinder», berichtete sie Charles nach der Stunde, «sie wollen auch nicht wirklich nähen lernen, sie erwarten, dass wir ihnen Kleider schenken, ohne dass sie etwas dafür tun müssen. Sie waren recht faul. Schon nach kurzer Zeit legten sie die Näharbeit wieder weg, die ich ihnen aufgetragen hatte, und verabschiedeten sich: Salaam Madam Sahib!» In Charles' Gesicht zuckte es amüsiert, was er nur schwer verbergen konnte.

«Madam Sahib! Wahrscheinlich haben sie in anderen Nähstunden bunte Kleider oder dergleichen geschenkt erhalten.»

«Ich bin etwas enttäuscht. Ich habe es mir schöner vorgestellt. In Kalikut hatten wir über sechzig Mädchen, alle mit rabenschwarzen glatten Haaren, weiss leuchtenden Zähnen und grossen dunklen Augen.»

Charles legte ihr beruhigend die Hand auf den Arm.

«Du darfst nicht immer vergleichen. Wir sind hier im Sindh-Land, schon fast in der Wüste, alles ist anders als in Kalikut. Das Leben hier ist hart. Und ein Anfang ist immer schwer, das war in Kalikut sicher auch nicht besser.»

«Das stimmt. Mama hat die Schule mit sehr viel Geduld aufbauen müssen, davon hat sie erzählt.»

Am folgenden Tag erschienen nur die beiden sauber gekleideten Mädchen wieder und zeigten sich erfreut, als sie am Ende der Stunde ein selbst genähtes Säckchen mitnehmen durften. Ihre dankbaren Gesichter liessen Marie die vorherige Enttäuschung vergessen.

Ein leichter, kühler Abendwind wehte, mächtige Gewitterwolken türmten sich am Horizont, zwischendurch leuchteten die Sterne und eine feine Mondsichel zeigte sich am unendlich weiten Himmel. Marie sass mit ihrer hochgeschlossenen, weissen Bluse mit langen Ärmeln, einem langen Rock, der in der Taille mit einem breiten Band gegürtet war, auf der Veranda und blickte in den kleinen Garten. Vor sich hatte sie Briefpapier ausgebreitet, daneben stand das offene Tintenfass. Sie hielt die Feder in der Hand, aber die Dämmerung war zu sehr fortgeschritten, um noch weitere Briefe zu schreiben.

Während sie in den immer dunkler werdenden Himmel träumte, fühlte sie eine leise Sehnsucht, ein Gefühl, das sie schon lange begraben zu haben glaubte. Sie hatte John Barns nicht vergessen, aber tief im Herzen versenkt als ein unvergessliches Erlebnis aus ferner Zeit. Doch vor ein paar Tagen war sie jäh wieder an ihn erinnert worden. Es passierte völlig überraschend beim Blättern in einem Fotoalbum während eines Besuches bei Bekannten in Karatschi. Plötzlich entdeckte sie ein Bild von John. Ihr Herz stockte.

«Sie kennen John Barns?», rief sie spontan und blickte fragend zur Gastgeberin.

«Aber natürlich. Er war ein gern gesehener Gast in unserem Haus, sehr gebildet, ein wahrer Freund unserer Familie, sehr musikalisch – er spielt ganz wunderbar Gitarre –, dazu ausserordentlich sprachbegabt und sehr zuverlässig. Sie kennen ihn auch?»

Marie wand sich. Sie konnte unmöglich von ihrer engen Beziehung zu John erzählen.

«Ist er verheiratet?», entfuhr ihr stattdessen die Frage, welche schon lange auf ihrer Seele lastete.

«Nein. Er hat mir erzählt, er hätte seine grosse Liebe nicht heiraten können. Er habe jahrelang auf sie gewartet. Nun aber scheint sich diese junge Frau verlobt zu haben. Jedenfalls war sein Warten umsonst. Er ist jetzt zu seiner Mutter nach England zurückgekehrt.» Sie blickte forschend auf Marie. «Es scheint mir, Sie kennen die Geschichte?» Marie konnte nicht länger an sich halten.

«Nun ja, ich bin diese junge Frau, auf die er vergeblich gewartet hat. Mein Vater erlaubte nicht, dass ich ihn heirate. Ich habe jahrelang gehofft, es würde ein Wunder geschehen. Aber nun bin ich mit einem Missionar verheiratet, so wie es sich mein Vater gewünscht hat, und ich bin glücklich.»

«John ist ein edler Mensch. Ihr Vater hätte sich über diese Verbindung freuen können, auch wenn er nicht aus Missionskreisen stammt.»

«Ich weiss. Ich habe nur den einen Wunsch und bete darum, dass John auch noch eine Frau finden wird, die ihn glücklich macht. Ich glaube, erst dann werde ich meinen inneren Frieden wieder haben.» Sie verstummte kläglich. Es war das erste Mal, dass sie ausgesprochen hatte, was sie seit über sechs Jahren beschäftigte.

Charles Schritte schreckten Marie aus ihren Erinnerungen. Er kam zusammen mit dem Hund auf die Veranda geschlendert. Sie lächelte ihm entgegen. Welches Glück war ihr zuteil geworden, dass sie mit Charles einen Mann heiraten durfte, dessen zarte Aufmerksamkeit und Geduld sich ihr jeden Tag zeigte.

«Geniesst du den frischen Abendwind? Es wird tagsüber nun schon recht heiss, nicht wahr?» Marie tätschelte beruhigend den Rücken des Hundes, der sie begrüsste, als ob er sie tagelang vermisst hätte.

«Ist ja gut, Dan. Ich bin hier.» Dann wandte sie sich an Charles. «Ich schau mir den Himmel mit den gewaltigen Gewitterwolken an. Hin und wieder erblickt man Sterne und die Mondsichel – ist das nicht wunderschön?» Charles legte seine brennende Zigarre ab, fuhr sich über die müden Augen und nickte. «Und unser Gärtchen sieht auch sehr hübsch aus. Zum Glück sind die Blumen bis jetzt von den Heuschrecken verschont geblieben, die überall in Scharen einfallen.» Charles legte seine Hand auf ihren Arm.

«Ich bin rechtschaffen müde. Lass mich nur noch die Zigarre zu Ende geniessen. Ich habe sie heute endlich aus Europa zugeschickt bekommen.»

Marie schmunzelte und ihre Augen blickten schalkhaft.

«Was ihr Missionare wohl ohne Zigarren anfangen würdet?»

«Ja, was wohl? Eine Zigarre zu rauchen, tut einfach gut. Ich habe das Gefühl, ich müsse mir etwas gönnen nach getaner Arbeit. Doch für dich ist es höchste Zeit, ins Bett zu gehen. Eine Schwangerschaft zehrt an den Kräften, du darfst dir nicht zu viel zumuten.»

«Mach dir keine Sorgen. Ich habe so viele Helfer. Der Wasserträger holt Wasser vom Fluss herauf ...»

«... aber sonst hilft er dir nichts, sitzt nur im Schatten und kaut Betel.»

«Natürlich. Wenn man ihm eine andere Arbeit aufträgt, ist er beleidigt, weil es nicht zu seinem Amt gehört. Aber ich habe ja auch noch Muhammed, der für mich einkauft, und einen Koch habe ich auch.»

«Der wiederum nichts anderes macht als kochen.»

«Jeder arbeitet ausschliesslich das, wofür er angestellt ist, und nichts anderes. Die Frau der niedersten Kaste, die für mich die Böden putzt, und Hamal, der die Zimmer in Ordnung hält, muss ich laufend kontrollieren, weil sie oft nicht das tun, was ich verlangt habe.»

«Ich höre manchmal, wie du sie zurechtweist.»

Marie lachte etwas verlegen.

«Jeder versucht sich zu drücken. Es braucht ein gesundes Misstrauen und ziemlich viel Geduld.» Sie schmiegte sich vergnügt an Charles, während sie gemeinsam ins Haus gingen, dicht gefolgt vom Hund Dan.

Die Hitze wurde immer unerträglicher, sie war erstickend. Die Luft schien still zu stehen. Ein Dunst hatte sich über die heisse Landschaft gelegt, Eidechsen und Geckos klebten an Decken und Wänden des schattigen Hauses und schnalzten leise, und abends knisterte es vor lauter Insekten, Moskitos und Sandfliegen, die den Lichtschein umkreisten. Die Regenzeit liess ungewöhnlich lange auf sich warten.

Erst im August traf der Monsun mit voller Wucht ein. Sintflutartige Sturzbäche ergossen sich aus dem Himmel, es blitzte und donnerte, und der Regen trommelte unaufhörlich aufs Dach, so laut, dass man sich nur mit erhobener Stimme unterhalten konnte. Bald zeigte sich die Landschaft mit Wasser überdeckt, die Postverbindungen waren unterbrochen, die Eisenbahnlinien streckenweise weggeschwemmt, genauso wie die Brücken. Es bedeutete, dass sie nun von der übrigen Welt abgeschnitten waren. Es regnete so stark, dass am Sonntag nicht einmal mehr Gottesdienst abgehalten werden konnte. Maries langärmliger Rock klebte an ihrem Rücken. Sie wischte sich mit dem Ärmel das Gesicht trocken und strich sich mit den Händen über die feuchten Haare, denn es war nicht zu vermeiden, dass man enorm schwitzte. Schwanger zu sein bei dieser Hitze, war keine angenehme Sache.

«Die frische Luft, die zum Fenster hereinströmt, ist einfach köstlich. Endlich kann ich wieder frei atmen. Gottlob und Dank ist die Hitze nun erträglicher.»

«Aber die Kleider kleben am Körper, die Wände triefen vor Feuchtigkeit und alles wird schimmlig, auch die Möbel und vor allem meine Bücher.»

«Und die Nähnadeln rosten! Es ist jedoch nicht weiter schlimm, denn die Mädchen haben gar keine Zeit zum Nähen. Sie baden begeistert ihre Füsse in den Pfützen und halten die Köpfe unter das Wasser, das von den Dächern plätschert.»

«Für mich eröffnen sich einige Bibelworte ganz neu. Einmal prophezeit Elia: *Ich höre das Rauschen eines gewaltigen Regens.* Genauso ist es hier, man hört den Regen auch lange, bevor er tatsächlich eintrifft. Es ist ein unheimliches Brausen und Toben in der Luft.»

«Ich schleppe mich bei dieser Feuchtigkeit durch die Tage. Wenn nur unser Kindlein nicht früher kommt oder Schwierigkeiten auftauchen bei der Geburt. Wir könnten keine Hilfe holen.»

«Denk an unsern Hochzeitsspruch!»

Marie senkte beschämt den Kopf, weil Charles sie an das Gottvertrauen erinnern musste.

Endlich liess der Regen nach, Sonnenstrahlen drangen durch die dicken Wolken und liessen die feuchten Büsche und nassen Baumstämme glitzern. Langsam versickerte auch das Wasser auf den Feldern, die Strassen waren wieder passierbar und die Brücken wurden mühevoll wiederhergestellt.

Am 9. September 1866 kam der kleine Theodor zur Welt. Marie hatte sich während langen, schweren Stunden abgequält. Es wollte kein Ende nehmen, die Geburt zog sich endlos hin. Der Schweiss rann ihr über die Stirn und die Haare klebten am Kopf, ihre Hände waren heiss und feucht und die Schmerzen fast unerträglich. Der Arzt stand hilflos daneben und zweifelte bereits, ob sie die Geburt überleben würde. Dann kam das Kind endlich doch noch ohne weitere Komplikationen zur Welt. Als Marie den kleinen Knaben mit seinem Köpfchen voll dunkelblonder Haare in die Arme gelegt bekam, war alles vergessen. Erschöpft und schwach, aber überaus glücklich betrachtete sie innig ihr Kind.

«Unser Theo gleicht dir aufs Haar, Charles! Er hat deine Stirn, deine Nase, auch deine Kopfform.»

«Aber den kräftigen Brustkorb hat er von der Gundert-Seite und auch das runde Kinn. Übrigens: In Indien zählt ein Sohn sehr viel mehr als ein Mädchen, musst du wissen. Wenn wir Hindus wären, käme nun ein Brahmane und würde unsern Sohn segnen mit Zeremonien und orangen Blumengehängen. Das wird nur bei einem Knaben so zelebriert, bei den Mädchen wird gar nichts getan.»

«Diese Sitten bereiten mir Mühe. Wir Christen haben die Taufe, und zwar für alle, ohne Unterschied.»

Charles pflegte Marie rührend, denn sie war noch sehr schwach nach der schweren Geburt. Bald stellte sich heraus, dass sie nicht genug Milch hatte. Eine Amme musste gefunden werden. Die junge Sahbkhattu, eine zierlich gewachsene Frau mit ausdrucksvoll herbem Profil und wachen Augen, kam zu ihnen. Sie sorgte für den kleinen Theo, stillte ihn und kümmerte sich rührend um ihn, während Marie sich sofort Gedanken machte, wie sie die junge Frau zum Christentum bekehren könnte. Doch sie bemerkte, dass die Angehörigen argwöhnisch darüber wachten, dass nichts dergleichen unternommen wurde.

«Sahbkhattu presst sofort die Lippen zusammen und schüttelt verzweifelt den Kopf, wenn ich nur vom christlichen Glauben zu sprechen anfange. Mache ich etwas falsch, Charles?»

Er lächelte, doch seine blauen Augen blickten ernst.

«Man stellt es sich immer so leicht vor, das Predigen und Bekehren. Die meisten wehren sich dagegen. Wir können nämlich die Schwierigkeiten kaum erfassen, denen Bekehrte ausgesetzt sind. Du musst dir klar sein, dass sie von ihrer Familie ausgeschlossen werden. Alles, was ihr Leben ausgemacht hat, ist aufgehoben, sie werden verachtet, selbst ihre Erbansprüche können sie vergessen, sie werden verspottet und von allen verlassen.»

«Aber die Mission sorgt dann für sie, nicht wahr?»

«Natürlich. Dazu hat die Mission Werkstätten eingerichtet, Webereien, Schreinereien und weitere Betriebe.

Trotzdem ist es eine schwerwiegende Entscheidung. Sie verlassen ihren vertrauten Lebenskreis und müssen einen neuen aufbauen.»

« … alles Übrige wird euch zufallen, steht schon in der Bibel.»

Charles betrachtete Marie liebevoll und nickte. Die Schatten unter ihren dunklen Augen zeigten ihm, dass sie sich noch keineswegs erholt hatte von der schweren Geburt.

«Das Bekehren erfordert viel Geduld, Gnade und Gebet, denn der Teufel hält beständig Wache.»

«Natürlich. Es ist in meinen Augen sinnvoll, wenn Männer den Männern predigen, aber mir scheint, wir Frauen müssten uns um die Frauen kümmern können.»

«Eine indische Frau hat den Glauben ihres Mannes anzunehmen, wenn sie heiratet, musst du wissen. Sie wird also Christin, wenn er Christ ist, oder Mohammedanerin, wenn er Moslem ist. Doch Witwen und Waisen haben einen äusserst schweren Stand in Indien. Oft werden sie vergewaltigt und können sich nicht wehren, weil niemand ihre Partei ergreift. Die Missionare und ihre Frauen haben da oft geholfen, denn sie konnten ihnen in den Missionsstationen Schutz bieten.»

«Mutter hat auch sehr viel bewirkt mit ihrer Mädchenschule und ihrem leuchtenden Beispiel.»

«Das kann ich mir vorstellen. Trotzdem darfst du nicht vergessen, dass die Frau in der Mission in erster Linie die Gehilfin ihres Mannes ist. Wir predigen ja nicht nur, daneben werden Kranke geheilt, Schulen geführt und den Armen und Elenden wird geholfen. Da kann sich die Frau einsetzen. Doch jetzt sollst du dich zuerst schonen und dafür sorgen, dass du bald wieder auf den Beinen bist. Anfang November reise ich nach Bombay, um das Examen für die zweite Weihe zu absolvieren. Bis dahin hoffe ich, dass du wieder bei Kräften bist.»

«Ich kann sicher währenddessen bei unsern Bekannten in Karatschi wohnen, zusammen mit dem kleinen Theo und Sahbkhattu, meinst du nicht?»

«Ja, es wäre mir sehr recht, dich in guter Obhut zu wissen.»

Es war eine weise Entscheidung, denn eine Woche, nachdem Charles abgereist war, wurden zuerst die Amme Sahbkhattu und dann der kleine Theo krank. Die Angst und Sorgen um das kranke Kind liessen Marie nicht schlafen, sodass schliesslich auch sie elend und krank ins Bett sank. Verzweifelt schrieb sie an Charles, doch sie erhielt keine Antwort. Wochenlang wartete sie vergeblich auf ein Lebenszeichen von ihm. Erst als es ihr und dem kleinen Theo langsam wieder besser ging, kam eine Nachricht aus Bombay. Marie las mit steigendem Entsetzen, dass Charles ebenfalls schwer krank und mit sehr hohem Fieber darnieder liege. Zeitweise hätte er sogar die Besinnung verloren und der Arzt meine, sein Leben sei in Gefahr. Verzweifelt wartete sie auf weitere Nachrichten.

Als der Dampfer mit Charles an Bord einige Wochen später schliesslich in Karatschi landete, erkannte Marie ihn kaum wieder. Abgemagert, bleich und schwach wankte er von Bord. Sie stürzte zu ihm.

«Charles – endlich!»

«Marie! Wie wunderbar, dich zu sehen. Ich habe nicht mehr daran geglaubt, und doch hielt mich der Gedanke an dich und den Kleinen aufrecht.»

«Ich habe für deine Gesundheit gebetet … gottlob, ich habe dich wieder.»

«Wir werden zusammen zur Erholung in ein Militärsanatorium fahren müssen, es liegt in der Nähe von Karatschi. Dort wird die kühle Meeresluft dazu beitragen, dass es mir bald wieder besser geht. Und dir wird es auch guttun.»

Die verordnete Erholung bereitete ihnen wunderschöne Urlaubstage, doch die Wirkung hielt nicht lange an. Immer wieder ereilten Charles Fieberanfälle, sodass der Arzt ein bekümmertes Gesicht zog. Charles hingegen nahm es auf die leichte Schulter.

«Ich bin noch jung. Zugegeben, ich werde schnell müde, und hin und wieder kommt so ein kleines Fieberlein über mich, doch sonst bin ich ein gesunder Mann», pflegte er zu scherzen. Marie zweifelte daran. Jeder Reise sah sie mit Bangen entgegen. Sie sorgte dafür, dass er seinen Tropenhelm anzog, genug zu trinken dabei hatte, und war dankbar, wenn er gesund wieder heimkehrte; selbst einen recht anstrengenden Ritt auf dem Kamel überstand er ohne Probleme.

Während Charles auf Reisen war, erhielt Marie die überraschende Nachricht, dass John Barns in England geheiratet habe. Sie sank auf einen Stuhl, fühlte einen leisen Stich, dann aber eine wunderbare Erleichterung. Sie liess alle Arbeit liegen und beeilte sich, diese Neuigkeit in einem Brief den Eltern in Deutschland mitzuteilen. Es war ein gutes Gefühl, entlastet zu sein von ihrem Versprechen, auch wenn sie es mit sehr jungen Jahren gegeben hatte. Marie schickte in Gedanken alle guten Wünsche nach England, nahm dann ihren kleinen Theo auf den Arm und tanzte singend durch den Raum. Sie freute sich allerdings nicht nur über die Fortschritte des Kleinen, sie wusste auch, dass sie bereits wieder ein Kind erwartete.

Am 7. März 1868 kam der kleine Hermann, ein kräftiges, junges Bürschlein, auf die Welt. Marie und Charles waren rundum glücklich. Diesmal konnte Marie das Kind sogar selbst stillen. Die folgenden Sommermonate forderten jedoch mit extrem heissem Wetter alle verfügbaren Kräfte. Sandstürme tobten und verdunkelten in kürzester Zeit den Himmel. Charles liess sich davon nicht aufhalten und predigte trotzdem auf dem Markt und auf den Strassen, oft gegen grossen Widerstand der Leute. Seine ganze Energie verwendete er auf das Missionieren, wenn er auch hin und wieder durch einen Fieberanfall gezwungen wurde, das Bett zu hüten.

«Ich hoffe, dass es dir bald besser geht. Die Pockenimpfung hat unsern kleinen Hermann sehr mitgenommen, ich muss mich auch um ihn kümmern», berichtete Marie an seinem Krankenbett, «er ist noch schwach, keineswegs so munter wie vorher. Es war gewagt, die Impfung jetzt schon vorzunehmen, zumal es furchtbar heiss ist.»

«Es war trotzdem richtig, nachdem die Kindsmagd so etwas wie unechte Pocken hatte.»

«Theo hält mich auch sehr in Atem, er ist ein richtiger Schlingel geworden. Aber ich bin froh, dass er die Hitze erträgt. Meine Hauptsorge sind nicht die Schlangen und Skorpione, sondern die Hitze und dumpfe Schwere, die einem sehr zu schaffen machen. Im Moment sitzt Theo den ganzen Tag nur noch im Wasser, der Zuber ist sein zweites Zuhause.»

«Wenn er nicht gerade die jungen Hühner jagt, unterstützt von unserm Hund Dan», lächelte Charles matt.

Anfang August traf endlich der ersehnte Regen ein, es rauschte und trommelte auf das Dach, die Felder und die Wege. Durch die Tür sahen die Regenschauer aus wie eine dicke Glaswand. Doch bevor Marie richtig aufatmen konnte, bemerkte sie, dass der kleine, fünf Monate alte Hermann hohes Fieber hatte. Zwei Tage später verschlechterte sich sein Zustand, sodass sie sich ernsthaft Sorgen machte. Der Arzt lachte sie jedoch aus.

«Das ist ein starkes Knäblein, das wird dieses Fieber gleich überstanden haben.» Marie zweifelte bald an dieser Aussage. Sie durchwachte lange Nächte bei dem wimmernden Kind, und das Herz wurde ihr immer schwerer.

«Was ihm bloss fehlt? Er trinkt nicht und dreht sein Köpfchen auf die Seite. Der Arzt meint, es könne von der Hitze kommen. Mir scheint aber, es muss noch etwas anderes sein.» Charles stand mit hängenden Schultern am Bettchen und versuchte den Kleinen aufzuheitern. Vergeblich. Das Kindchen lag nur da und stöhnte schwach.

Am Morgen des 11. August schloss Hermann seine Äuglein für immer. Marie sass starr neben dem Bettchen, fassungslos. Die Tränen rannen ihr herunter, während Charles laut betete. Unbegreiflich kam ihr alles vor. Eine grosse Leere hatte sich in ihr ausgebreitet. Schliesslich raffte sie sich auf und wusch das kleine Kind zum letzten Mal. Wie im Traum holte sie die weissen Blumen aus ihrem Brautkranz und streute sie mit wehem Herzen über den kleinen, toten Körper im weissen Hemdchen.

«Die Seele deines Kindes ist in dir», flüsterte ihr eine betagte indische Frau während des Abschiedsgottesdienstes leise zu. Marie nickte dankbar. Sie wusste, viele andere Frauen hatten Ähnliches durchzumachen.

Mitten im öden Wüstensand lag der Friedhof, in welchem sie ihr Kind begruben. Unter der sengenden Sonne pflanzten sie einen Stein und vier Myrtenbäumchen und setzten Immergrün auf das Grab. Marie stand da und konnte sich nicht vorstellen, je wieder einmal heiter zu sein in ihrem Leben. Nur der kleine Theo schien zuversichtlich, sprang zwischen den Gräbern umher und rief: «Heman Baby ute mate khush khush.» Charles zog ihn in die Arme und bestätigte mit gepresster Stimme, während er seine Tränen mühsam zurückhielt: «Ja, Theo, Hermann-Baby ist dort oben fröhlich.»

Nur ganz langsam stellte sich der Alltag wieder ein, Ordnung und Ruhe kehrten allmählich zurück. Der vertraute Zigarrenrauch drang aus dem Arbeitszimmer von Charles, und der kleine Theo rannte im Haus umher und hielt Marie in Atem. Von ihrem Pflichtgefühl getrieben, quälte sie sich täglich aus dem Bett. Vorwärts, nicht stehen bleiben, nicht daran denken, was war, nahm sie sich täglich vor und betete um die nötige Kraft. Abends sass sie erschöpft auf der Veranda und schaute auf die Landschaft, über die der Abendhimmel sein Violett ausbreitete. Treu ergeben lag der Hund Dan neben ihr. Sie strich ihm über den Rücken. Marie hatte bemerkt, dass sie wieder schwanger war, konnte sich aber nicht wirklich unbeschwert freuen. *«Der Herr hats gegeben, der Herr hats genommen …»*, murmelte sie.

«Der Name des Herrn sei gelobt», antwortete Charles, welcher gerade auf die Veranda trat. Er nahm ihre Hand und drückte sie.

Am 25. Mai 1869 schenkte Marie wiederum einem Knaben das Leben. Sie tauften ihn nach seinem Vater:

Karl. Es war ein gesunder, blauäugiger Junge, der mit seiner Geburt vieles in den Hintergrund rücken liess, was Marie belastet hatte.

Leider konnte sie durch ihr Kindbett nicht an der Taufe des ersten Sindhi teilnehmen, ein Ereignis, das Charles mit grosser Freude und Dankbarkeit erfüllte. Der Sindhi hiess Dschangimall und sollte nun den christlichen Namen Andreas erhalten. Es war ein breitschultriger Mann, der bei seiner Taufe Tränen vergoss wie ein Kind. Ein zweiter Sindhi, der ebenfalls getauft werden wollte, zweifelte im letzten Moment und rannte davon.

In diesem Moment stürzte der Vater des neu getauften Christen ins Zimmer, knallte seine Kopfbedeckung vor die Füsse seines Sohnes – ein Zeichen der äussersten Verachtung – und schrie:

«Allah ist gross. Es ist nicht Allahs Wille, was du hier tust! Du bringst mich ins Grab. Komm sofort mit mir nach Hause.» Dschangimall zögerte einen Moment, dann erhob er sich und meinte: «Vater, ich gehorche dir, so weit mein Gewissen es mir erlaubt», und ging mit seinem Vater weg.

Die ganze Stadt geriet in Aufruhr. Der Bibelladen mit den christlichen Schriften wurde mehrere Tage lang belagert und alles zerstört und zerrissen, was an Blättern und Traktaten zu ergattern war. Hindus und Mohammedaner predigten auf der Strasse, um die Leute aufzufordern, bis aufs Blut für ihre angestammten Religionen zu kämpfen. Fanatisch verfluchte man alle Christen, besonders aber Charles und Marie, und drohte, ihnen das Haus anzuzünden. Selbst der Stadtrat beschloss, die Missionare fortzuschicken. Man stellte Wachen auf, damit keine Kinder mehr zur Missionsschule kommen konnten. Aber nach drei Wochen war die Schule voller denn je.

Trotz dieser Bedrohung ging das Leben im Missionshaus seinen gewohnten Gang. Der kleine Karl gedieh prächtig. Er schrie fast nie, sondern schlief und trank und war zufrieden. Er lag in seinem kleinen Bettchen, seine blauen Augen folgten dem Auf und Ab des grossen Fächers, mit dem man ihm Kühle zufächeln konnte, bis seine Augenlider wieder zufielen. Charles ging weiter seiner Arbeit nach, predigte den Leuten und liess sich nicht davon ablenken, dass er hin und wieder Blut hustete und abends manchmal Fieber hatte. Es schien ihm nicht der Zeitpunkt, um auf seine Gesundheit zu achten. Nur Marie wunderte sich, dass er nicht mehr rauchte, und sie wusste, es war ein sicheres Zeichen, dass er sich nicht wohlfühlte.

Eines Tages hustete er eine grosse Menge Blut, sodass Marie entsetzt aufschrie.

«Ums Himmels willen, Charles, du musst sofort zum Arzt, das sieht gar nicht gut aus!»

Der Arzt stellte fest, dass die Lunge angegriffen sei und Charles möglichst rasch nach Europa reisen müsse.

Frühestens nach einem Jahr könne er wieder zurückkommen.

«Wir müssen alles zusammenpacken, ich muss zurück nach Europa», meldete Charles bedrückt, als er nach Hause zurückkehrte.

«Wann?», fragte Marie mit gepresster Stimme. Sie hatte geahnt, dass der Arzt diesen Bescheid geben würde.

«Möglichst rasch, es sei keine Zeit zu verlieren.» Die folgenden beiden Wochen verpackten sie in Eile all ihr Hab und Gut – immer mit dem Gedanken, in einem Jahr alles wieder hervorholen zu können. Charles übergab die Ziege der Nachbarin und bat, sie solle so lange für das Tier sorgen, bis sie wieder da seien, ja er pflanzte sogar noch einen Rosenstock, damit sie ihn in einem Jahr blühend vorfänden.

«Darf Dan auch mit?», wollte der kleine Theo wissen und blickte seine Mutter flehentlich an. Sie wusste, wie sehr er an dem Hund hing. Sie strich ihm liebevoll über den Kopf und versicherte: «Nein, Theo, der Hund bleibt hier. Er wird auf uns warten. Er muss auf unser Haus aufpassen sowie auch auf Muhammed und alle anderen.»

Mit diesen zuversichtlichen Gedanken machten sie sich auf die Reise. Marie mit dem sechs Wochen alten Karlchen auf dem Arm und dem dreijährigen Theo an der Hand, Charles hustend und auf schwachen Beinen, aber ohne zu klagen. Von Karatschi nach Bombay schaukelte das Schiff wie eine Wiege, alle wurden seekrank, ausser Marie. Unter Deck war es kaum auszuhalten, die stickige Luft warf auch den letzten Gesunden noch aufs Bett. Viele lagen auf Deck in ihren Stühlen, auch Marie sass dort mit Charles und ihren beiden Kindern und pflegte sie.

Als sie in Bombay endlich von Bord klettern konnten, regnete es in Strömen. Hilflos standen sie inmitten ihrer unzähligen Gepäckstücke, umgeben von aufgeregten Reisenden, Bettlern, Halunken und Verkäufern, die ihnen alle etwas andrehen wollten. Was für ein Durcheinander! Marie, im langen Rock und langärmliger weisser Bluse sowie einem steifen Hut auf dem Kopf, wirkte fehl am Platz inmitten der Einheimischen. Charles hatte sich hustend und keuchend auf einer Kiste niedergelassen und vermochte nicht zu helfen. Nach langem Suchen und Verhandeln fand Marie einen Wagen für sie und das viele Gepäck. So gelangten sie schliesslich ganz durchnässt ins Missionshaus. Marie fühlte sich abgekämpft und vollkommen erledigt. Sie sass in ihren nassen Kleidern auf dem Bett, den Kleinen neben sich, und weinte. Ob vor Erschöpfung, Angst um Charles oder aus Wehmut, Indien verlassen zu müssen, wusste sie selbst nicht.

«Es wird alles gut werden, du wirst sehen», versuchte Charles sie aufzumuntern. Er sollte nicht recht behalten. In der Nacht sorgte ein tobender Sturm dafür, dass sie plötzlich kein Dach mehr über dem Kopf hatten und sich ganze Regenbäche über sie ergossen. Marie stand hilflos und klitschnass mitten in dem Durcheinander.

Flüchtig sah sie eine Ratte zwischen den Gepäckstücken verschwinden.

«Wir sind tropfnass und unser Gepäck ist auch ganz aufgeweicht. Wie sollen wir da morgen aufs Schiff damit? Und wie sehen wir aus? Mit meinen nassen Haaren, dem verknautschten Hut und den feuchten Kleidern kann ich unmöglich auf die Strasse gehen.»

«Gottes Brünnlein hat Wassers die Fülle, heisst es im Psalm. Das erleben wir gerade drastisch. Doch mit nassen Sachen können wir genauso gut reisen, keine Sorge. Es ist ja warm und die Luft wird alles wieder trocknen.»

Im Hafen von Bombay lag ein Schiff neben dem andern. Bei einigen waren die Segel gehisst und sie schienen bereit zum Auslaufen. Andere wurden entladen, meist von elenden, erbärmlich mageren Indern der untersten Kaste, welche riesige Gepäckstücke auf dem Rücken schleppten. Ihre dünnen Beine konnten die Lasten kaum tragen. Arm und Reich, alles wogte durcheinander. Mitten drin befand sich Marie mit ihrer Familie. Sie bezogen immer noch völlig durchnässt ihr Dampfschiff. Marie hoffte, das Schlimmste nun hinter sich zu haben.

Die See blieb jedoch keineswegs ruhig. Gleichzeitig war es so kalt, dass sie tagelang in Teppiche gehüllt frierend auf Deck sassen. Dann wurde es der afrikanischen Küste entlang plötzlich unerträglich heiss, und Marie musste mit Eis die erhitzte Stirn von Charles kühlen. Die Extreme führten dazu, dass er immer schwächer wurde und laufend Blut hustete, was Marie mehr und mehr ängstigte. Die Fahrt durch die heisse Wüste in einem engen Gefährt stand nun bevor, um nach Kairo zu gelangen. Sie dachte wehmütig daran, dass der Suezkanal in einigen Monaten eröffnet werden sollte. Ihnen nützte es leider noch nichts. Wollte diese Reise denn gar kein Ende nehmen?

Auf dem italienischen Dampfer von Alexandrien nach Italien fühlte sich Charles endlich etwas besser, sodass er schliesslich meinte, er schäme sich, so gesund nach Hause zurückzukehren. Marie atmete erleichtert auf, obwohl Charles immer noch etwas Blut hustete. Die Sorge um ihn, das Pflegen und Hegen des wenige Wochen alten kleinen Karl sowie das ununterbrochene Überwachen des quicklebendigen dreijährigen Theo forderten ihre letzten Kräfte. Nach sechs langen Wochen landeten sie endlich in Stuttgart und wurden von Charles Mutter, Mama Isenberg, in Empfang genommen.

«Gott sei Lob und Dank, wir sind angekommen», flüsterte Marie Charles erleichtert zu, «nun wirst du dich erholen können.»

Zehn Tage später machten sie sich auf den Weg zu Maries Eltern nach Calw. Dort wollten sie den Winter verbringen. Das Wetter zeigte sich jedoch von der garstigen Seite. Alles zerfloss in nassem, kaltem Grau. Die zunehmende Kälte verschlimmerte Charles Gesundheitszustand. Die melancholische Stimmung im Haus wurde nur durch den kleinen Theo etwas aufgelockert, der das neue Zuhause neugierig in Beschlag nahm und laufend unmögliche Spiele erfand, mit seinem gewinnenden Kinderlächeln aber jede Bestrafung im Keim erstickte.

Marie hatte fest damit gerechnet, dass die Rückkehr nach Europa eine Besserung von Charles Befinden mit sich bringen würde. Doch Charles' Zustand verschlechterte sich. Fieber und Husten nahmen zu, jede Nacht schwitzte er übermässig, und er magerte immer mehr ab. Sie versuchten es mit einer Traubenkur und reisten dazu nach Untertürkheim, aber ohne Erfolg. Schliesslich blieben sie in Stuttgart bei Mama Isenberg. Der Doktor stellte alsbald bedauernd fest, dass man von ärztlicher Seite leider nichts mehr tun könne, es sei wohl die weisse Pest[5]. Er empfahl, kuhwarme Milch zu trinken und mit homöopathischen Mitteln und viel Ruhe die Tage zu verbringen.

Marie erschrak. Sie sass hilflos bei Charles und versuchte sich an den Gedanken zu gewöhnen, dass es die letzten gemeinsamen Wochen sein könnten. Es schnitt ihr ins Herz. Charles war doch erst dreissig Jahre alt, wie viele Jahre könnten noch vor ihnen liegen! Ihre beiden Kinder waren so klein, sollten sie wirklich ohne Vater

---

[5] Tuberkulose

aufwachsen müssen? Immer wieder dachte sie an ihren Hochzeitsspruch: *«In der Welt habt ihr Angst, aber seid getrost, ich habe die Welt überwunden.»* Es schien ihr, als hätte sie die Worte prophetisch ausgewählt.

Es war ein monatelanges Leiden, Atemnot plagte Charles, der Husten wurde zusehends schlimmer, Beklemmung lag auf seiner Brust, und kalter Schweiss stand auf seiner breiten Stirn. Marie tupfte sie liebevoll ab, wechselte sein verschwitztes Nachtgewand und die Betttücher. Sie versuchte jeden Tag, ihm Mut zu machen und die Hoffnungslosigkeit aus ihrem Gesicht zu verbannen. Sein blondes Haar lag wirr um den Kopf und sein Lächeln wirkte kläglich, die grossen blauen Augen im abgemagerten Gesicht glänzten unnatürlich durch das Fieber.

Eines Morgens suchte Charles ihre Hand und meinte seufzend:

«Marie, heute Nacht habe ich geträumt, wir wären auf einer Reise und ich musste ohne dich vorzeitig aussteigen. Ich wollte nicht, aber man zwang mich dazu.» Marie nickte mit bangem Herzen. Sie betrachtete seine erloschene Zigarre, die auf dem Nachttisch lag, und bekannte leise: «Ich wünschte, wir könnten zusammen weiterreisen, zurück nach Indien.»

Am 19. Februar 1870 verschied Charles Isenberg. Seine letzten Worte blieben im Raum hängen und liessen Marie nie mehr los: «Gott wird für euch sorgen. Ich habe gar keine Sorge um euch, gar keine.»

4. Kapitel
Calw 1870

Mit achtundzwanzig Jahren war Marie Witwe geworden, eine junge Frau mit zwei kleinen Kindern, Theo drei Jahre und Karl gerade mal neun Monate alt. Bald wohnte Marie wieder bei ihren Eltern im Verlagshaus in Calw. Sie hatte sich verschiedene neue Wege gründlich durch den Kopf gehen lassen. Indien lockte, sie trug es in sich, dahin zog es sie unwiderstehlich. Sie hatte sich dort als Frau ganz anders entfalten können. Doch für ihre beiden Kinder schien es am besten, nichts zu verändern. Im Hinblick auf deren künftigen Schulbesuch wollte sie auf keinen Fall Tatsachen schaffen, die eine Trennung von den Kindern erfordert hätte. Marie hatte ihre eigene Hilflosigkeit und das Gefühl des Ausgeliefertseins immer noch in Erinnerung, diese Kindheitserlebnisse wollte sie ihren Kindern unbedingt ersparen.

Nach dem Entschluss, in Europa zu bleiben, versuchte sie sich zurecht zu finden. Das eigenständige Leben in Indien hatte sie ja bereits seit einiger Zeit eingetauscht und sich eingefügt in den Tagesablauf der Eltern. Es fiel ihr nicht leicht, sich einzuordnen, zu sehr hatte sie ihre Selbstständigkeit geschätzt. Indien lag nun aber in weiter, unerreichbarer Ferne, eine Zeit, die traumhaft und unbegreiflich schien, eine abgeschlossene Episode ihres Lebens.

Charles lebte nicht mehr. Manchmal stieg das Bewusstsein des Verlustes beklemmend herauf und nahm ihr den Atem. Dann versuchte sie, mit Beten darüber hinwegzukommen oder sein Bild heraufzubeschwören mit den vielen gemeinsamen Erlebnissen. Aber es blieben ferne Erinnerungen. Sie traf keinen Muhammed und keinen Betel kauenden Wasserträger mehr, keine Ziegen oder Kamele, dafür eine vollbusige Magd aus dem Schwarzwald, die den Haushalt besorgen half. Jeden Morgen, wenn Marie aufwachte, musste sie sich zuerst zurechtfinden. Was tat sie hier?

Sie fragte nicht weiter, es war so gekommen, Gott hatte es so bestimmt. In diesem Glauben war sie aufgewachsen, er gab ihr die Kraft, den Schmerz zu besiegen und zu überleben. Sie richtete sich auf, kleidete sich rasch an, schlang ihre braunen Haare zu einem engen Knoten, legte eine Schürze um und begab sich mit dem lebhaft plaudernden Theo und dem hungrigen kleinen Karl in die Küche, um zu frühstücken. Keine Mangos mehr oder Bananen, dachte sie im Stillen, doch sie verbot sich weitere Gedanken. Sie hatte längst gelernt, dass Pflicht, Glaube und Hingabe halfen, den Alltag zu meistern. Ihre Mutter unterstützte sie dabei, und die Kinder sorgten für Ablenkung.

Vater Gundert mit seiner korpulenten Gestalt und dem mächtigen grauen Bart bestimmte den Ablauf des

Tages. Marie schien es, als wohne eine Urkraft in ihm. Seine Arbeit beim Verlagsverein und seine Übersetzungen beschäftigten ihn nach wie vor, nicht zu vergessen die rege Reisetätigkeit von Missionsfest zu Missionsfest, seine Predigten und die vielen Gäste von überall her. Trotzdem bemerkte Marie, dass sein Gesicht gealtert und sein Gang etwas langsamer und schwerfälliger geworden war. Seine lebhaften Augen blickten jedoch nach wie vor klar und unerschrocken. Marie liebte seine grosse, weite Seele, die trotz der grossen Frömmigkeit und der Pflege von Gehorsam und Autorität feinen Humor und eine reiche Fantasie widerspiegelte sowie eine grosse Liebe zur Musik. Er schwamm so oft als möglich im kühlen Wasser der Nagold, obwohl sich das für einen Herrn seines Standes eigentlich nicht gehörte. Die Leute von Calw hatten sich zuerst das Maul darüber zerrissen, schliesslich gewöhnten sie sich an den Anblick.

Langsam erhielt Maries Leben wieder ein normales Gesicht. Die knarrende Treppe, die grossen Stühle in der dämmrigen Stube mit dem Blumenstrauss auf dem langen Tisch, der Zigarrenrauch, der aus Vater Gunderts Studierzimmer drang, oder der Geruch von Sauerkraut aus der Küche prägten nun den Alltag und verdrängten die Erinnerungen an den Duft und die Geräusche des indischen Lebens. Die gemeinsamen Gebete und das Singen der Choräle jeden Morgen und Abend gaben ihr die nötige Kraft.

Das Land hatte schwerwiegende Dinge zu bewältigen, der Deutsch-Französische Krieg war im Gange. Er warf seine Schatten auf das Gewohnte. Im Königreich Württemberg wurde die geplante Eisenbahnlinie der Nagoldbahn zurückgestellt, dabei wäre es eine grosse Erleichterung gewesen, wenn Vater Gundert alle seine Reisen per Bahn hätte in Angriff nehmen können. Von den kriegerischen Ereignissen bemerkte Marie nur selten etwas. Berlin war weit entfernt, etwas näher lagen Frankreich und das Elsass. Soldaten und Einquartierungen gehörten bald zum Alltag. Der vierjährige Theo begeisterte sich an den Soldaten in ihren schmucken Uniformen, welche immer wieder auftauchten. Man jubelte ihnen zu und die Kinder vergnügten sich mit Soldatenspielen. Fürst Bismarck war in aller Munde. Aber die Frauen hielten sich zurück, wie es sich gehörte, und beschränkten sich darauf, für die deutschen Soldaten zu beten. Von entlaufenen Kriegsgefangenen sprach man nur hinter der hohlen Hand.

In den Schulen fehlten jedoch die Lehrkräfte. Es schien zuerst undenkbar, aber schliesslich machte man aus der Not eine Tugend: Marie durfte als erste Frau von Württemberg in der Oberklasse einer Knabenrealschule Englischunterricht erteilen. Es waren Schüler im Alter von sechzehn bis neunzehn Jahren. Allerdings prüfte man Marie zuvor gründlich auf allen zuständigen Ämtern.

«Die Herren wollen eine Garantie, dass die Disziplin nicht Not leidet unter einer weiblichen Leitung», erklärte Marie leicht erbost ihrer Mutter, «wahrscheinlich darf ich nur unterrichten, weil ich Witfrau bin, einer ledigen Frau hätte man es nicht zugetraut, guten Unterricht zu erteilen. Ich bin auch nur probeweise angestellt.»

«Dabei ist der Unterricht verglichen mit der Schule in Indien eher eine Erholung, nicht wahr?»

«Man kann es kaum vergleichen. Hier legt man sehr viel Wert auf Zucht und Ordnung. Es sind sowieso nur drei Stunden wöchentlich für gerade mal elf Schüler. Wenn ich da an unsere beinahe sechzig Mädchen in Kalikut denke! Aber es macht mir auch hier viel Freude und die Namen der Kinder kann ich mir viel leichter merken. Mit den indischen Vornamen stand ich manchmal auf Kriegsfuss, sie wollten einfach nicht in meinen Kopf. Hier hingegen heissen alle Hans, Fritz oder Hermann.» Mutter Gundert nickte, stützte sich jedoch leicht schwankend auf den Tisch.

«Geht es dir nicht gut, Mama?», fragte Marie erschrocken.

«Es ist etwas viel, was auf mich einstürmt. Die unzähligen Gäste, die ständig kommen und gehen, das Kochen und Putzen. Aber was mich wirklich bedrückt und mir fast den Atem nimmt, ist die schlechte Gesundheit deines Bruders Paul. Er ist todkrank. Ich habe gerade vernehmen müssen, dass der Arzt keine Möglichkeit mehr sieht, ihm zu helfen. Dabei ist er erst zweiundzwanzig Jahre alt.» Marie starrte sie entsetzt an.

«Paul geht es so schlecht? Jetzt, nachdem er endlich das Seminar in Maulbronn abgeschlossen und zurück zum Glauben gefunden hat?»

«Er kränkelt schon länger. Es scheint, als ob ihm die Knochen zerfressen werden. Die Wunde nach der Operation an seinem Ohr will und will nicht heilen, und er leidet grosse Schmerzen. Er ist total abgemagert, seine Haut über den Schultern erscheint wie Pergament. Kürzlich hat er mich nach einer Pistole gefragt – stell dir vor, wie verzweifelt er sein muss! Bei Vater hat er sich ausgeweint. Der Arzt meint, es könne noch ein paar Wochen dauern, aber vielleicht auch nur noch ein paar Tage. Ich werde hinreisen, um bei ihm zu sein. Er liegt im Diakonissenhaus in Stuttgart. Du kümmerst dich unterdessen um Vater, nicht wahr?»

Marie nickte schweigend und bedrückt. Zuerst Charles und jetzt ihr Bruder Paul, beide jung und voller Zukunftspläne …

Nach Pauls Tod im Februar 1871 musste Mutter Gundert mit Depressionen zur Erholung geschickt werden. Das monatelange Leiden und die endlosen Schmerzen mitzuerleben, ohne helfen zu können, hatten sie furchtbar gepeinigt. Ihre einst braunen Haare waren mit grauen Strähnen durchzogen und die dunklen Augen blickten ohne Glanz ins Leere. Ihre offenkundige Erschöpfung führte dazu, dass sie von ihrer Umgebung kaum mehr Notiz nahm.

Marie sorgte unterdessen für die Familie, unterrichtete weiterhin an der Realschule und kümmerte sich um die Kinder. Kaum hatte die Mutter ihre Erholungszeit hinter sich, erkrankte sie an Pocken.

«Sicher war sie immer noch geschwächt und hat sich deshalb angesteckt. Sie hat sich das Leben nie leicht gemacht, sich nie geschont, und hat auch jetzt wieder asketisch streng und nüchtern sofort mit der Krankenpflege angefangen», äusserte sich Marie sorgenvoll zu ihrem älteren Bruder Friedrich. Er war kurz zuvor aus Indien heimgekehrt und nun als Geschäftsführer des Calwer Verlagsvereins eingestellt worden.

«Ja, bis zur Starrheit! Die Pockenkrankheit grassiert im Moment sehr. Wenn das nur gut ausgeht! Ich hoffe fest, dass sie bei meiner Hochzeit dabei sein kann.»

«Ich bin sicher, die Aussicht auf dein Hochzeitsfest wird ihr Mut machen. Ihr Leben lang hat Mutter ausgeharrt, sie wird es auch diesmal schaffen.»

«Sie ist fünf Jahre älter als Papa, also schon dreiundsechzig Jahre alt, da sind vielleicht nicht mehr genug Widerstandskräfte vorhanden.»

«Sie haben beide in Indien unglaublich viel geleistet. Auch Vater sollte möglichst bald einen Helfer erhalten. Die Verlagsarbeit wächst ihm neben seinen zahlreichen Reisen bald über den Kopf. Er hat das Komitee in Basel schon vor einiger Zeit um einen Mitarbeiter gebeten. Aber es ist nicht so einfach, jemand Passenden zu finden, der später einmal in Vaters Fussstapfen treten könnte.»

«Natürlich nicht! Es bräuchte gleich mehrere Professoren von verschiedenen Fakultäten. Es muss überdies jemand sein, der mit Menschenkenntnis ausgestattet ist. Vater bringt es immer fertig, über der Person zu stehen. Ich selbst habe oft Mühe mit den Missionsbrüdern.»

«Ja, manche sind recht widerwärtig. Dann sage ich mir immer, ohne das Christentum wären sie erst recht unausstehlich.» Friedrich hob seine buschigen Augenbrauen und schmunzelte. Als Geschäftsführer des Calwer Verlagsvereins wusste er, wovon Marie sprach.

«Wie recht du hast.»

«Das erinnert mich an mein Karlchen. Kürzlich hat ihm jemand eingetrichtert, ein frommes Kind müsse dreimal beten am Tag. Deshalb betet er nun morgens gleich mehrmals hintereinander, damit er das erledigt hat.» Lachend schauten sie sich an.

«Du hast zwei wunderbare Kinder, Marie. Theo gefällt mir auch sehr.»

«Ja. Er fühlt sich mit seinen sechs Jahren als Grosser, der mich beschützen muss. Er möchte mein Freund und Tröster sein, sagt er, weil wir keinen Papa mehr haben. Er ist auch viel folgsamer und zärtlicher geworden, gar nicht mehr der lebhafte Schlingel aus indischer Zeit. Und wenn ich in die blauen Augen von Karlchen blicke, meine ich, ich sehe in die Augen von Charles. Ich wünschte, er könnte seine Kinder sehen.»

Friedrich legte verlegen seine Hand auf Maries Arm und meinte etwas lahm: «Er freut sich im Himmel über sie, meinst du nicht?»

Schnee lag auf den Dächern, morgens waren die Fensterscheiben dicht mit Eisblumen versehen, es war kalt. Die verschneiten Gassen und Matten glitzerten, und der Schnee knirschte bei jedem Schritt. Die dunkel fliessende Nagold suchte sich ihren Weg dem vereisten Ufer entlang, Bauern mit Schlitten fuhren zum Wald, um Holz zu holen, und einige Raubvögel kreisten in der winterklaren Luft.

«Theo und Karlchen sind glücklich, toben und rutschen im Schnee, obwohl ihre Ohren und Hände steif und rot gefroren sind. Aber du solltest in der Wärme bleiben», meinte Marie und betrachtete besorgt die Schatten unter den Augen ihrer Mutter.

«Wir bräuchten dringend einen neuen Ofen, diese Kälte ertrage ich nur schwer. In Indien war es nie so eisig. Doch Vater geht trotz der Kälte hinaus zum ehemaligen Kloster Hirsau, um zu predigen. Er wird bestimmt mit eiskalten Füssen zurückkehren. Auch sein Gehrock ist viel zu dünn für dieses Wetter.»

«Mach dir keine Sorgen. Vater wird danach mit Behagen seine heisse Suppe schlürfen, die er so liebt, und dann vergnügt eine Zigarre über dem Lampenzylinder anzünden und sich in seinem Arbeitszimmer vergraben, um an der Übersetzung weiterzuarbeiten. Du kennst ihn doch.»

«Sein *Malayalam and English-Dictionary* erscheint im Sommer. Niemand ahnt, welch grosse Arbeit dahintersteckt. Und dein Bruder Samuel wird es in Mangalore anwenden können, ist das nicht ein schöner Gedanke?»

«Damit bleibt es in der Familie! Im Sommer soll übrigens auch die Bahnlinie der Nagoldbahn eröffnet werden, sie wird wohl extra für Papa erstellt, weil er ständig unterwegs ist», lächelte Marie.

Am 20. Juni 1872 wurde die Bahn tatsächlich eingeweiht, mit viel «Reden und Essen vor etlichen dreihundert und viel Champagner», notierte Vater Gundert in sein Tagebuch, welches er nicht nur in Indien, sondern auch in Calw täglich treu und genau führte. Und schon am 23. Juni konnte er schreiben: «Mit der Eisenbahn heim.»

Die Hochzeit von Maries Bruder Friedrich wurde ein rauschendes Fest, an welchem Mutter Gundert wieder gesund und ganz hergestellt teilnehmen konnte. Mit ihrer schwarzen Spitzenhaube und dem schwarzen, hochgeschlossenen Damastkleid mit weissem Kragen sah sie sehr adrett aus und ihre dunklen Augen blitzten. Niemand hätte gedacht, dass sie ein Jahr zuvor noch schwer krank darniedergelegen hatte. Nur manchmal, wenn der Besucherstrom und die Zahl der Gäste nicht aufhören wollten, seufzte sie ergeben in ihrem welschen Charme:

«Gottlob, in die Himmel man kocht nicht mehr, man wascht nicht mehr, man putzt nicht mehr.» Der mit französischem Akzent gesprochene Satz wurde fortan zum immer wieder zitierten Spruch in der Familie.

Im Dezember 1873 stellte sich endlich ein passender Mitarbeiter für Vater Gundert ein, ein Missionar, welcher aus Indien heimgekehrt war, weil er das Klima nicht ertragen hatte. Es war der Sohn eines deutschbaltischen Arztes: Johannes Hesse. Marie ahnte nicht, welche Bedeutung er in ihrem Leben noch spielen würde.

Johannes Hesse war siebenundzwanzig Jahre alt, von hagerer Gestalt, sein schmales, blasses Gesicht wurde dominiert von einer hohen Stirn, nach hinten gekämmten Haaren, blauen Augen, einer kleinen, runden, randlosen Brille und einem kurz geschorenen Bart. Hesses äusserst zarte Gesundheit hatte nur gerade drei Jahre dem indischen Tropenklima standhalten können. Er hatte von der Hitze starke Kopfschmerzen bekommen und schliesslich noch Dysenterie. Sein grosses Interesse an Literatur und Sprachen gab den Ausschlag, dass die Basler Mission ihn nun zum Mitarbeiter von Hermann Gundert beim Calwer Verlagshaus bestimmte.

«Herr Johannes Hesse kommt aus Russland, genau genommen aus Weissenstein in Estland. Ein nordischer Typ, neben der patriarchalischen Gestalt von Papa wirkt er fast zerbrechlich», berichtete Mutter Julie, während sie zusammen mit Marie im Wohnzimmer sass und Strümpfe stopfte.

«Ja, sie sind sehr gegensätzlich. Ich finde, Herr Hesse strahlt etwas Wehmütiges aus. So, als ob er für eine bessere Welt geschaffen wäre.»

«Er scheint von vornehmer Herkunft zu sein. Sein gepflegtes Hochdeutsch verstehe ich viel besser als das Schwäbische um mich herum. Ich habe auch noch kein dummes Wort von ihm gehört. Er ist begabt und geistreich. Er zitiert lateinische Sprichwörter und weiss unglaublich viele Bibelsprüche auswendig, selbst der Chinese Laotse ist ihm geläufig.»

«Auf mich wirkt er wie jemand, der leidet. Offensichtlich wird er oft von Schmerzen geplagt. Trotzdem schimmert eine innere Heiterkeit durch. Er hat ein gewinnendes Lächeln. Man ist gerne mit ihm zusammen.» Die Mutter blickte überrascht auf.

«Wir plaudern manchmal über Indien, das wir beide vermissen», fügte Marie bei und strich sich verlegen eine vorwitzige Haarsträhne hinter das Ohr. Erneut streifte sie ein scharfer Seitenblick aus den dunkeln Augen der Mutter. Marie spürte es und setzte zu einer Erklärung an.

«Er hat vieles aus der indischen Zeit aufgeschrieben, sogar buddhistische Gebete, die er ins Englische oder Deutsche übersetzt hat. Oder auch spannende Geschichten. Kürzlich hat er mir von einem Heiler erzählt. Es ging um die Krankheit einer Frau, die der Heiler ausgetrieben hatte. Am folgenden Tag erschien er bei der Missionsschwester und erklärte ihr, die Krankheit habe jetzt ihn selbst ergriffen, denn jede Krankheit, welche man austreibe, ergreife von jemand anderem Besitz. Ist es nicht beeindruckend, dass der Heiler damit rechnen musste, dass die Krankheit ihn selbst erwischen könnte, und er somit die Krankheit bewusst auf sich genommen hat?»

Mutter Gundert nickte.

«Das ist genau wie bei Christus, da heisst es doch auch: *Er hat unsere Krankheit auf sich genommen.*»

«Man ist immer wieder verblüfft über solche Parallelen, nicht wahr? Dinge dieser Art diskutieren wir zusammen, Herr Hesse und ich.»

«Ich könnte auch einiges beitragen von meinen Erlebnissen in den über zwanzig Jahren in Indien, natürlich auch von Heilern. Einmal habe ich erlebt, dass der Heiler mich aus dem Haus geschickt hat, als ich zusehen wollte, wie er eine Krankheit austreibt. Man gab mir zu verstehen, dass er nichts machen könne, wenn ich dabei sei, weil ich unter eine andere Macht gehöre.»

Wenige Monate später hatte sich Marie mit Johannes Hesse verlobt. Über vier Jahre lang war sie Witfrau gewesen, nun bereitete sie ihre Hochzeit vor.

«Ich bin sicher, der Herr hat dich mit Johannes Hesse zusammengeführt, das spüren auch die Kinder», befand Vater Gundert, als er mit Marie über die Heirat sprach. Er sass an seinem Schreibtisch und rauchte eine Zigarre. Marie hatte ihm einige Briefe gebracht, stand an der Tür und freute sich über die Worte ihres Vaters.

«Ja, meine Buben sind glücklich, wieder einen Vater zu haben. Sie erinnern sich kaum noch an Charles. Theo mit seinen acht Jahren meinte kürzlich, er habe jetzt drei Väter, den Herrn Isenberg, den Herrn Hesse und den Herrn Zebaoth!»

«Köstlich! Und Karlchen?»

«Er liebt seinen neuen Vater. Mich hat es trotzdem überrascht, als er fragte: Weiss mein Papa im Himmel schon, dass der Herr Hesse mein Papa wird?»

«Ich bin sicher, dein seliger Charles freut sich, dass du und die Kinder nun wieder gut versorgt seid.»

«Johnny – ich meine Johannes – ist so liebevoll, spielt und lacht mit den Kindern und hilft Theo bei seinen Lateinaufgaben. Abgesehen davon ist er aber auch konsequent, ohne je böse zu sein.»

«Er ist ja noch recht jung. Du bist nicht nur fünf Jahre älter, sondern hast auch schon einige Schicksalsschläge meistern müssen. Doch Mutter ist auch fünf Jahre älter als ich, das hat aber nie eine Rolle gespielt. Ich habe Johannes von Anfang an sehr geschätzt. Nun müsst ihr noch eine Wohnung finden, nicht wahr?»

«Wir haben sie schon gefunden! Das Logis ist gross und hell. Ich habe nachts geträumt, meine Wohnung liege am Marktplatz gegenüber vom Rathaus. Am Morgen lief ich hin und da war tatsächlich im zweiten Stock eine Wohnung frei! Ich habe im Traum die Zimmer ausgemessen – und du wirst es nicht glauben: Die Masse stimmten überein. Es ist mir fast unheimlich, doch manchmal träume ich etwas, das tatsächlich eintrifft.»

Vater Gundert lächelte und strich sich den wohlgepflegten Bart.

«Des Herrn Wege sind unergründlich, nicht wahr?»

5. Kapitel
Calw 1874

Wolkenfetzen flogen über den Himmel, die Blätter lagen fast alle am Boden und die herbstlichen Farbtöne hatten sich aus dem Landschaftsbild verabschiedet, nur die nackten, feuchten Büsche und Bäume streckten ihre kahlen Äste in den Himmel, als am 22. November 1874 Marie und Johannes Hesse den Bund der Ehe eingingen. Marie steckte Johannes den schmalen goldenen Trauring an den Finger, den einst Charles getragen hatte. *Befiehl du deine Wege* sang die Gemeinde den Choral von Paul Gerhardt, den Marie so liebte, und der mit den Worten endete: *Er wird auch Wege finden, wo dein Fuss gehen kann.*

Fortan wohnten sie am lebhaften Marktplatz. Marie schlüpfte wieder in die Rolle der Hausfrau und war mit Zimmer reinigen, Kochen, Waschen und Kinder erziehen voll beschäftigt. Kathrin, ein braves vierzehnjähriges Mädchen, half ihr bei der Arbeit, brachte Kohlen aus dem dunklen Keller herauf, machte Feuer und rüstete Gemüse.

Jeden Tag lief Johannes Hesse zum Verlagshaus, um Vater Gundert zu unterstützen, oft aber wurde er durch starke Kopfschmerzen daran gehindert. Mit einem feuchten Tuch auf der Stirn lag er im Bett. Sein Schädel quälte ihn und dröhnte. Mit einem melancholischen Lächeln auf den Lippen versuchte er, Maries Mitgefühl zu dämpfen.

«Vergiss meinen Leib der Sünde und Schwachheit! Mein Kopfweh kommt wohl von den Augen. Lesen strengt mich sehr an, sodass ich nach kurzer Zeit Kopfschmerzen bekomme. Ich leide schon sehr lange daran, in Indien ist es leider noch schlimmer geworden. Meine Mutter klagte allerdings auch immer über Kopfweh und wurde von melancholischen Stimmungen geplagt. Es scheint, dass sie es mir vererbt hat.»

«Ich habe gleich in den ersten Wochen, nachdem du hierhergekommen bist, zu Mama gesagt, dass du wohl viel leiden musst. Deine Mutter können wir leider nicht mehr fragen, ob auch ihre Vorfahren unter Kopfschmerzen litten. Wie traurig, dass sie nicht mehr lebt.»

«Nun, sie starb, als ich noch klein war. Kurz vor der Geburt ihres siebten Kindes verschied sie an einem Herzschlag. Sie sass am Teetisch, als sie plötzlich an ihr Herz griff und rief: ‹Oh, mein Herz! Wie wird mir!› – und tot zu Boden fiel.»

«Unvorstellbar traurig.»

«Es tut mir leid, wenn ich dich damit belaste, jetzt, da du selbst schwanger bist. »

«Lass es gut sein, Johnny, es ist nicht das erste Kind, das ich erwarte», beruhigte ihn Marie rasch. Johannes fuhr sich über die hohe Stirn und strich die dunkelblonden Haare zurück. Seine hellen Augen blickten Marie besorgt an.

«Wenn es dir nur gut geht!»

Regelmässig kamen die Eltern zu Besuch. Vater Gundert setzte sich dann meist ans Harmonium und alle sangen dazu, auch die Kinder. Mutter Gundert blickte stolz auf ihre Enkelkinder Theo und Karl.

«Theo kann manchmal schon die zweite Stimme singen, hast du das bemerkt, Johannes?»

«Ja, besser als ich. Ihr seid eine sehr musikalische Familie. Marie singt auch sehr schön.»

«Das musikalische Talent hat vor allem ihr Bruder Friedrich geerbt. Er dirigiert nicht vergebens den Calwer Kirchengesangsverein.»

«Ich könnte mir vorstellen, dass Theo später dort mitsingen wird, wer weiss?»

Mutter Gundert lächelte nachsichtig über diesen Gedanken.

Am 15. August 1875 – knapp neun Monate nach der Hochzeit – wurde das Töchterchen Adele geboren. Marie war rundum glücklich.

«Ein Mädchen! Ich freue mich riesig, dass uns nach den beiden Buben nun ein Mädchen geschenkt wird.»

Johannes küsste Marie zärtlich auf die Stirn. Sie schaute ihn beglückt an und sah, wie sich über sein Gesicht ein feines, stolzes Lächeln ausbreitete.

Der fünf Jahre jüngere Johannes Hesse mit der zweiunddreissigjährigen Marie.

«Unser erstes Kind! Ich bin froh, dass es gesund ist und du alles gut überstanden hast. Dem Herrn sei Lob und Dank.» Der neunjährige Theo und der sechsjährige Karl – «Karlchen» wollte er nicht mehr genannt werden – freuten sich ebenfalls über den Familienzuwachs. Sie hatten sich zwar ein Brüderchen gewünscht, doch sie hofften, auch mit einem Schwesterchen etwas anfangen zu können.

In diesem Jahr wurde es früh Winter, bald lag Schnee auf den Strassen und ein kalter Nieselregen verhüllte die Gassen. Das tägliche Leben bei der immerwährenden Kälte und dem spärlichen Schein der Laternen in den dunklen Strassen liess alle im Innern verweilen. Die Magd Kathrin hatte täglich Wasser zu holen am Brunnen, eine unangenehme Aufgabe bei diesen Temperaturen, die in den weiten Holzschuhen nicht nur ein geschicktes Balancieren mit dem Wasserkessel erforderten, sondern die eiskalten Finger rot und blau werden liessen. Man sprach davon, dass bald fliessendes Wasser in die Häuser geleitet werde, so wie in den grösseren Städten. Marie konnte es sich nur schwer vorstellen.

Der Kontakt mit den Eltern Gundert wurde während dieser schneereichen Zeit aufs Nötigste beschränkt. Die Tage wirkten öde, beklemmend und anstrengend. Selbst der Distelfink im Vogelkäfig, der sonst immer fröhlich umhergehüpft war, hatte seinen Schnabel in dic Federn gesteckt. Marie blickte ihn verständnisvoll an und dachte dabei wieder einmal sehnsüchtig an das warme Indien. Nie hatte sie dort derart frieren müssen. Doch die Kopfschmerzen, die Johannes immer wieder heimsuchten, zeigten in traurigster Klarheit, dass für ihn ein Leben als Missionar nicht denkbar war. Oft traf ihn Marie am Schreibtisch sitzend, die Augen geschlossen, den Kopf ein wenig zurückgelehnt, als ob er schliefe. Die Brille lag auf einem Brief, an dem er geschrieben hatte, der Federkiel dicht daneben. Das Knarren der Dielen unter ihren leichten Schritten liessen ihn hochfahren. Marie legte ihm sanft ihre Hand auf den Arm.

«Ich warte sehnsüchtig auf den Frühling und wärmere Zeiten. Du auch?»

«Natürlich, doch dauert es noch einige Wochen bis dahin.»

«In Indien haben wir immer sehnsüchtig auf Regen gewartet während der heissen Jahreszeit. Hier warten wir auf die Wärme.»

«Die Inder nahmen alles gelassen hin. Das ist etwas, das mir wirklich fehlt. Dieses Leben im Heute und Jetzt. Die Gegenwart war in Indien viel stärker erlebbar, weil es das Gestern und Morgen nicht zu geben schien.»

«Das stimmt. Hier denkt man viel mehr an die Vergangenheit und die Zukunft. Entweder sagt man: Früher war alles besser – oder: Was wird das Morgen bringen?»

«Dabei steht schon in der Bibel: *Darum sorget nicht für den andern Morgen …*»

«… denn der morgige Tag wird für das Seine sorgen. Es ist genug, dass ein jeglicher Tag seine eigene Plage habe», ergänzte Marie und schaute Johannes mitleidig an. «Deine Plage sind die Kopfschmerzen.»

«Es sieht so aus. Ich bin jedoch dankbar für jeden Lichtblick, eine Stunde ohne Schmerzen ist ein Geschenk für mich. Genauso wie unsere kleine Adele. Sie ist mein Sonnenschein und bereitet mir eitel Freude. Sobald es die Jahreszeit zulässt, werden wir meinen Vater und meine Verwandten in Estland besuchen, sie warten darauf, Adele zu sehen.»

«Ich bin sehr gespannt auf den Ort und das Haus, wo du aufgewachsen bist. Du hast mir schon so viel davon erzählt.»

«Du weisst, ich denke oft mit Sehnsucht an meine Heimat. Hier in Calw bleibe ich immer ein Fremder.»

6. Kapitel
Weissenstein und Calw 1876

Die Reise bedeutete Marie sehr viel. Nicht nur deshalb, weil sie die Heimat von Johannes kennenlernen wollte, von der er so viel erzählt hatte, sondern auch, weil sie wieder einmal aus dem Nagoldtal herauskam und etwas Neues sehen und entdecken konnte. Theo und Karl durften bei den Grosseltern bleiben, die kleine, einjährige Adele nahmen sie mit. Die Reise war abwechslungsreich. Zuerst ging es nach Lübeck, dann auf der Trave zum Meer und mit dem Schiff nach Reval[6].

«Die Nacht ist furchtbar kurz. Die Sonne steht bereits um zwei Uhr morgens wieder am Himmel und scheint in unsere Kajüte. Adelchen ist dann gleich putzmunter und will unterhalten sein, Milch trinken und spielen. Doch heute Nacht war die Milch sauer, weshalb ich Nestlés Kindermehlbrei herrichten musste. Leider hatte ich keinen Spiritus mehr, um das Wasser zu kochen», berichtete Marie eines Morgens.

«Warum hast du mich nicht geweckt? Ich hätte vielleicht beim Schiffskoch welchen ausleihen können.»

---

6 heute Tallin

«Oh, ich habe anstelle von Spiritus einfach Kölnisch Wasser genommen.»

Johannes schüttelte lachend den Kopf.

«Und das hat gebrannt? Einfälle hast du! Man merkt, dass du von Indien her gewohnt bist zu improvisieren. Mit den hellen Nächten wirst du leben müssen, denn es ist Sommer und wir sind im hohen Norden. Wir werden sehen, dass wir tagsüber eine Ruhepause einlegen können, um etwas Schlaf nachzuholen.»

Die Reise verlief kurzweilig. In Reval staunte Marie über die wunderlichen Fuhrwerke, die gänzlich anders aussahen als alles, was sie bis anhin gesehen hatte. Die Kutscher trugen lange Mäntel, die sie an Schlafröcke erinnerten. Auch über die Kleidung der Frauen staunte sie. Alle liefen barfuss umher und trugen hohe, steife Hauben, die wie Türme auf dem Kopf sassen. Die Bauern erkannte sie an ihren wallenden Haaren, dazu wimmelte es von Beamten in heruntergekommenen Uniformen.

Von Reval aus fuhren sie ein Stück mit der Eisenbahn, um schliesslich mit der Droschke bis Weissenstein[7] zu gelangen. Sie durchquerten ein seenreiches Wald- und Hügelland mit vielen Mooren und lichten Birkenwäldern. Die Grossartigkeit der weiten, malerischen Landschaft versetzte Marie in Hochstimmung.

---

[7] heute Paide

Auch Johannes lebte sichtlich auf, je näher sie seinem Heimatort kamen. Die kleine Adele schlief fast auf der ganzen Strecke.

«Ich freue mich darauf, deinen Vater und deine Stiefmutter kennenzulernen, bin aber auch etwas aufgeregt.»

«Ich kenne meine Stiefmutter eigentlich auch nicht gut. An meine eigene Mutter erinnere ich mich fast gar nicht mehr. Und meine neue Stiefmutter lebte auch nur zwei Jahre. Als ich neun war, erhielt ich eine weitere Stiefmutter, das ist die Frau, die du bald kennenlernen wirst.»

«Drei Mütter! Aber dein Vater war ja da. Ich hatte weder Vater noch Mutter in der Nähe.»

«Vater war ein strenger Erzieher, ein grosser Pietist mit starken Grundsätzen. Du wirst ihn ja kennenlernen. Mit elf Jahren kam ich dann nach Riga in die Domschule. Ich litt unter Angstzuständen, wurde trotzig und rasch zornig. Mir fehlte die innere Sicherheit. Trotzdem liebe ich meine Heimat sehr und freue mich darüber, alles wiederzusehen», schloss er leise.

In Weissenstein wurden sie aufs Herzlichste in Empfang genommen. Marie spürte das warme Willkommen und fühlte sich sofort zu Hause. Die kleine Adele stand stets im Mittelpunkt und wurde rundherum verwöhnt, sodass Marie anfing, sich Sorgen zu machen, ob sich das Kind nach der Rückkehr wieder umgewöhnen könne. Adele strahlte alle an, ausgenommen die alte Magd

Anna, deren runzliges Gesicht unter der hohen Mütze dem Kind Angst einflösste.

«Es gefällt mir hier sehr», antwortete Marie auf die Frage von Vater Hesse, während sie zusammen Tee tranken. Wie in allen Häusern stand ein stets gefüllter Samowar in der Stube. «Man lebt hier viel freier als im Schwabenländchen. Man ist weniger pünktlich und nicht so sehr darauf bedacht, seine Pflicht zu erfüllen. Vieles erinnert mich an Indien.»

«An Indien?», erwiderte Johannes überrascht. «Nun ja, man rackert sich weniger ab, geniesst vielmehr die Gegenwart, obwohl auch hier gearbeitet wird. Aber vieles ist nobler eingerichtet.»

«Nobler? Unsere jungen Adeligen hausen grossartig. Doch ein Baron ist ein untaugliches Geschöpf, er ist Baron und damit hat es sich», fügte Vater Hesse sarkastisch hinzu.

«Die Strassen sind viel besser als in Indien. Hier sind sie breit, sauber und gepflastert. Und die Häuser sind gemütlich und haben einen Garten», verteidigte Johannes seine Heimat, ohne auf Vater Hesse zu achten. Er kannte dessen oft im Scherz kundgemachten Wahrheiten.

«Natürlich, solche Gärten sucht man in Indien vergeblich. Ich geniesse es, die meiste Zeit im Freien zu verbringen. Man lebt praktisch von morgens bis abends draussen. Und dein Garten, Vater, ist weit und breit der schönste, gerade jetzt mit den blühenden Lilien», beeilte sich Marie ihren Vergleich mit Indien wiedergutzumachen. Vater Hesse konnte ja nicht wissen, wie sehr ihr Indien am Herzen lag.

«Unsere kleine Adele schätzt hier vor allem die vielen Tiere. Ich muss jeden Abend mit ihr zusehen, wie die brüllenden Kühe von der Weide zurückkehren und in ihre Ställe getrieben werden.»

«Jedem das Seine», schmunzelte Vater Hesse, «im Moment geniessen wir die langen Tage und die hellen Nächte. Im Winter herrscht dafür wieder die Dunkelheit vor. Die Gutsherren nutzen die Zeit für zahlreiche Feste mit Tanz und gutem Essen.»

Marie nahm achtsam einen Schluck heissen Tee und gestand: «Das Essen ist für mich etwas gewöhnungsbedürftig. Süsse Suppe mit Rahm und Zimt, und dazu Heringe und Käse oder Salat mit Zucker angemacht, das habe ich noch nie gegessen. Hingegen von den herrlichen Himbeeren und Erdbeeren kann ich nicht genug bekommen.»

Ein grosses Fest mit etwa fünfzig adeligen Gutsherren und ihren Familien sowie mit viel Volk durften Marie und Johannes miterleben. Marie betrachtete mit unverhohlener Neugier die bunt gekleideten Frauen und staunte über deren Aufmachung. Die hohen Mützen dominierten. Dazu erspähte sie hin und wieder eine junge Frau in drolliger Aufmachung.

«Schau mal dort, die Frau im blauen Musselinkleid, Johnny. Sie tanzt barfuss und hat am Arm ihre nagelneuen Stiefel hängen!»

«Barfuss ist allen am wohlsten, das ist man gewöhnt, trotzdem will man kundtun, dass man sich durchaus Schuhe leisten kann.»

«Das habe ich mir fast gedacht. Wie ausgelassen sie alle tanzen! Dabei bin ich immer noch beeindruckt vom Gottesdienst heute Morgen in der russischen Kirche mit der prunkvollen Zeremonie, dem schönen Gesang und den vielen Kerzen, dem endlosen Verbeugen und Sich-Bekreuzigen. Und dazu die Äpfel, die geweiht und gesegnet wurden. Das Abendmahl hingegen befremdete mich. Eingeweichtes Brot im Wein, mit dem Löffel ausgeteilt von zwei Damen!»

«Nun ja, das ist hier so. Aber dass du noch zwanzig Kopeken in den Klingelbeutel legen musstest, wäre nicht nötig gewesen, Marie.»

«Du wirst es verschmerzen! Du hast bei deinen Predigten ja auch viel Geld sammeln können und dich darüber gefreut, dabei war die Kirche voll besetzt. In der russischen Kirche hatte es weit weniger Leute. Vielleicht, weil alle stehen müssen und herumlaufen?»

«Man kann sich dadurch leichter vor der Spende drücken», meinte Johannes immer noch leicht verärgert, «auch du hättest dich durch Weglaufen dem Klingelbeutel entziehen können.»

Nach zwei Monaten kehrte die junge Familie wieder nach Calw zurück, erfüllt von vielen wunderbaren Erlebnissen. Theo und Karl freuten sich, ihre Mutter wieder zu haben, und Marie war glücklich, die ganze Familie wieder vereint zu wissen.

Im folgenden Sommer, am 2. Juli 1877, schenkte Marie einem Knaben das Leben. Johannes war stolz und glücklich über seinen ersten Sohn.

«Ich würde ihn gerne Hermann taufen, nach deinem und meinem Vater. Sie heissen ja beide Hermann. Was meinst du, Marie?»

«Hermann Hesse, ja, das tönt schön. Obwohl – in meiner Ehe mit Charles gab es bereits einen kleinen Hermann. Leider verloren wir ihn und mussten ihn begraben. Ich bin wohl die Einzige, die noch an ihn denkt und an sein einsames Grab im Wüstensand.»

«Unsere Väter würden sich bestimmt freuen über einen Enkel, der ihren Namen trägt. Kräftig wie ein Gundert ist er, ein Prachtexemplar von einem gesunden Buben.»

«Ich war ja überzeugt, Zwillinge zu bekommen, so schwer fühlte es sich an. Mutter meinte aber stets, dass ich mich täusche. Gross, kräftig und gesund ist der Bub nun auf die Welt gekommen, nach einigen unsagbar grossen Beschwerden. Aber vergessen wir die Schmerzen! Taufen wir ihn auf den Namen Hermann. Ich bin richtig glücklich mit meinen vier Kindern.»

Trotz der grossen Familie fuhr Marie treulich fort, ihr Tagebuch zu führen und an alle Verwandten Briefe zu schicken. Hin und wieder schrieb sie Kindersprüche auf, manchmal trug sie auch ihre finanziellen Sorgen ins

Tagebuch ein, die sich immer wieder zeigten: «Johannes hat wieder mal seinen Kopfwehtag. Zudem ist gerade grosse Ebbe in unserer Kasse, und ich sehe nicht hinaus», notierte sie sorgenvoll, und dazu den Satz des achtjährigen Karl, nachdem er zuhörte, wie sie mit der Magd Kathrin den mageren Speiseplan besprach:

«Wir können ja einmal probieren, vom Wort Gottes zu leben wie der Moses, der auf dem Berg so lange nichts gegessen hat.»

Die stämmige Kathrin blickte ihn verständnislos an, während Marie ein kurzes Lachen nicht unterdrücken konnte. Sie warf Karl mit ihren dunklen Augen einen durchdringenden Blick zu.

«Wir sind nicht Moses. Doch wir können natürlich versuchen, etwas bescheidener zu leben.»

Die Kinder entwickelten sich alle grossartig. Marie war von morgens bis abends beschäftigt und freute sich über alle Fortschritte.

«Manchmal wünschte ich, Charles könnte seine beiden Buben sehen. Theo liebt vor allem Turnen, Singen und das Musizieren auf der Geige, das Lernen hingegen kann ihm gestohlen bleiben, während sich Karl selbst Privatstunden in Latein gibt», berichtete Marie, nachdem Johannes am Abend aus dem Verlagshaus heimgekehrt war.

«Ich weiss. Kürzlich bat er mich um ein Heft. Er wolle das Neue Testament ins Latein übersetzen! Als ich

Hermann Hesses Geburtshaus in Calw.

ihm sagte, das sei zu schwierig, meinte er, Luther hätte es ja auch ins Deutsche übersetzen können!»

Marie lachte.

«Und, was ist dabei herausgekommen?»

«Bis zum Abend hatte er immerhin sechs Verse des Evangeliums Johannes übersetzt, ganz alleine, ohne jede Hilfe, nur mit seiner Schulgrammatik.»

«Erstaunlich. Wenn das mein Charles miterlebt hätte! Er wäre stolz gewesen auf seinen achtjährigen Sohn.»

«Er hat wohl auch einiges von der Gundert-Seite, meinst du nicht? Wenn ich an deinen Vater denke und sein grossartiges Sprachtalent, meine ich, das müsse sich doch auch vererbt haben.»

«Theo und Karl lieben ihren Grosspapa über alles. Und unser kleiner Hermann entwickelt sich auch erfreulich, aber er gibt seinem Schutzengel viel zu tun. Er klettert mit seinen zehn Monaten auf alles, was ihm unter die Augen kommt, Bänkchen und Tischchen, und die Treppe hat es ihm besonders angetan. Oft bin ich nicht genug rasch zur Stelle. Ich bin nun im sechsten Monat schwanger und leider schon recht schwerfällig.»

«Pass bitte auf dich auf!», bat Johannes besorgt.

Trotzdem kam das Kind einen Monat zu früh auf die Welt. Am 14. Juli 1878 schenkte Marie wieder einem Knaben das Leben. Es war ein kleines, zartes Wesen, trotz der frühen Geburt gesund und lebensfähig. Sie tauften den Buben auf den Namen Paul.

Der kleine Paul mit seinen grossen, leuchtend blauen Augen bereitete Marie viel Freude, entwickelte sich auch nach Wunsch, trank viel und blickte bald lächelnd umher. Die Magd Kathrin hatte neben dem vielen Windelnwaschen vor allem auf Adele und den einjährigen Hermann aufzupassen. Dieser sprang nun flink von einem Zimmer ins andere und erfand immer wieder gefährliche Spiele.

Im Dezember erkrankte Paul an einer Erkältung. Bald bemerkte Marie, dass das fünf Monate alte Kindchen an Atemnot litt. Schwer keuchend lag es da. Der Arzt meinte, es läge zu viel Schleim auf der Brust. Von nun an verbrachte Marie die Nächte ununterbrochen im kalten Zimmer an seinem Bettchen und dachte gleichzeitig an die Zeit, als sie in Indien ebenso an einem Krankenbett gesessen hatte, flehentlich darum betend, dass das Kind wieder gesund würde. Sie ahnte, dass auch diesmal ihr kleiner Liebling die Krankheit nicht überstehen würde. Bald fieberte er und lag nur noch matt auf seiner Decke.

Am folgenden Nachmittag, während sie ihn liebevoll im Arm wiegte und leise eine feine Melodie summte, schlief der kleine Paul nach kurzem Luftschnappen für immer ein. Erschrocken, tief bewegt und betroffen legte sie ihn auf sein Bettchen und rief mit brüchiger Stimme nach Johannes. Sie standen wie erstarrt vor dem toten Kind. Es herrschte absolute Stille im Raum, beklemmend und endgültig. Johannes nahm Maries kalte

Hände und begann zu beten, während die Kinder dazukamen und laut weinten.

«Paul ist nun bei den Engelein», versuchte Marie ihr kleines Mädchen zu trösten.

Doch Adele schluchzte: «Er ist gewiss nicht so gerne bei den Engelein wie bei uns.» Marie vermochte nicht zu widersprechen. Sie nahm Adele auf den Schoss und wischte ihr die Tränen aus den blauen Augen. Sie hätte allerdings am liebsten selbst geweint.

Es wurde ein trauriges Weihnachtsfest. Marie fühlte sich nicht wohl, sie wusste, sie war wieder schwanger, konnte sich aber überhaupt nicht darüber freuen. Nicht nur deshalb musste sie sich für alles aufraffen. Der Tod des kleinen Paul ging ihr sehr nahe. Immer noch sah sie seine leuchtend blauen Augen vor sich. Sein Ableben wühlte alles auf, was sie in den vergangenen Jahren mitgemacht hatte. Auch Johannes trug schwer am Verlust, litt unter seinen Kopfschmerzen und war melancholisch. Marie jedoch vermochte ihm nicht zu helfen. Zerknirscht gestand sie sich ein, dass sie ihn nicht aus seiner Schwermut herausholen konnte. Sie litt selbst zu sehr.

Die Kinder verlangten aber ihren vollen Einsatz. Zwei Monate nach Pauls Tod brach sich der kleine Hermann sein rechtes Ärmchen, weil er sich von der Hand der Magd hatte losreissen wollen. Sechs Wochen lang musste er sich ruhig und still verhalten, was dem lebhaften Schlingel ungemein schwerfiel. Wenige Wochen später stürzte Karl die Treppe hinunter und zertrümmerte dabei seinen Ellbogen. Marie sagte sich, dass alles ihre Schuld sei, weil sie sich nicht mit voller Aufmerksamkeit ihren Kindern gewidmet hatte. Gleichzeitig schalt sie sich wegen dieser dummen Gedanken. Es fehlte ihr die Kraft, um an allen Fronten wachsam zu sein. Ihre erneute Schwangerschaft forderte ihren Tribut. Dazu kam, dass Johannes tagelang an Kopfweh litt. Er lag still, manchmal auch seufzend auf seinem Bett, mit geschlossenen Augen und einem nassen Tuch auf der Stirn. Marie sorgte dafür, dass die Kinder sich möglichst leise unterhielten, was besonders dem kleinen Hermann schwerfiel.

Während im August 1879 ein schweres Gewitter tobte, kam die kleine Gertrud auf die Welt. Ein allerliebstes Mädchen, das ruhig und heiter die Tage verschlief und nur zum Trinken aufwachte. Marie hatte gar nicht mehr versucht, das Kindchen zu stillen, sie wusste unterdessen, dass sie stets zu wenig Milch hatte. Mit abgekochter Kuhmilch, die mit Wasser, Fencheltee oder Haferschleim verdünnt wurde, konnte sie sich behelfen.

Schon im Oktober fiel Schnee. Es wurde ein langer, strenger Winter, doch die Kinder freuten sich darüber. Endlich konnten sie oft und lange schlitteln. Die Arbeit im Haus wurde durch den vielen Schnee und die Kälte sehr erschwert. Das tägliche Wasserholen und Windelnwaschen besorgte die Magd Kathrin. Mit hochroten

Wangen kehrte sie jeweils keuchend zurück ins Haus, während Marie die kleine Gertrud umsorgte und langsam wieder zu Kräften kam.

«Karl und Theo haben stets Angst, unser kleiner Liebling werde bald krank und sterben. Der Tod von Paul hat sie sehr verunsichert», berichtete Marie ihrer Mutter, während sie zusammen in der Stube sassen und fleissig Strümpfe stopften. Mutter Gunderts dunkle Augen blitzten.

«Nicht doch! Ich habe selten so ein fröhliches Kind mit roten Bäckchen und strahlenden Äugelein gesehen wie unsere Kleine. Papa nennt sie ‹ma belle›, weil sie so ein hübsches Mädchen ist.»

«Ja, unsere kleine Gertrud macht allen viel Freude. Dafür habe ich meine liebe Mühe mit Hermännle. Seinem Eigensinn und Trotz ist schwer beizukommen.»

«Du weisst, man muss den Willen der Kinder brechen, damit der gute Same gesetzt werden kann.»

«Sicher. Bei Hermann ist es aber sehr schwer, er hat einen äusserst starken Willen und laufend unsinnige Ideen. Ich glaube, man müsste ihn mehr beschäftigen, er ist ein ungemein aufgeweckter Knabe. Er weiss schon jetzt über alle Länder Bescheid, er erkennt an den Bildern, ob es China, Indien oder Afrika ist. Dabei ist er nicht einmal drei Jahre alt. Aber ich habe zu wenig Zeit neben meiner Hausarbeit. Es ist schon schwer genug, die Kinder zum Leisesein anzuhalten, wenn Johannes an Kopfschmerzen leidet.»

Im Januar trat ein, was die Kinder stets befürchtet hatten: Die kleine Gertrud wurde krank. Der Arzt meinte wie ein Jahr zuvor bei Paul, es liege zu viel Schleim auf der Brust. Die Angst packte die ganze Familie, sie beteten um Heilung, aber es wurde nicht besser. Fieber und Atemnot plagten das kleine Mädchen wochenlang. Marie wachte ununterbrochen am Bettchen und hoffte auf Besserung. Das spärliche Licht einer Petroleumlampe warf dunkle Schatten auf die Wände. Um nicht einzuschlafen, versuchte Marie, ihre Gedanken und ihr Gottvertrauen in einem Gedicht niederzuschreiben. Den letzten Vers sprach sie laut vor sich hin, wie ein Gebet:

Drum leg ich mich in Deinen Arm
Und warte still, wie der mich trägt.
Ich weiss ja, dass dein liebewarm
Mitleidig Herz nur Gutes hegt.
O selig, so geborgen sein!
O köstlich, dass solch Los mir fiel:
Herr Jesu Christ, du ganz allein
Bist meines Lebens Zweck und Ziel.

Mitten in diesen sorgenvollen Wochen verzog Marie plötzlich qualvoll das Gesicht und krümmte sich vor Schmerzen.

«Was ist mit dir? Hast du Bauchschmerzen?», fragte Johannes besorgt.

«Es sind eher Rückenschmerzen. Diesen Schmerz kenne ich nicht», stöhnte sie «es tut furchtbar weh. Ich muss wohl zum Arzt, es ist nicht auszuhalten. Es kommt mir langsam vor wie bei Hiob in der Bibel, auch dort hört es nicht auf mit Gottes Prüfungen.»

Der Doktor diagnostizierte ein Steinleiden, Nierenstein. Marie solle Geduld haben und viel Tee aus Löwenzahnwurzeln trinken, bis der Stein abgehe, meinte er.

Währenddessen schien es der kleinen Gertrud etwas besser zu gehen. Doch im März erfasste sie plötzlich eine Lungenentzündung, sie raubte dem schwachen Kind die letzten Kräfte. Marie hoffte vergeblich auf ein Wunder. Während der Karwoche starb das kleine Mädchen. Es war nur gerade acht Monate alt geworden.

«Herr, in deine Hände lege ich mein herzliebes Kind», flüsterte Marie tonlos und ihre dunklen Augen im blassen Gesicht füllten sich mit Tränen. Sie sank neben dem Bettchen in die Knie, der Schmerz übermannte sie. Sie fror – es kam tief aus ihrem Innern. Johannes stand mit hängenden Armen neben ihr, schliesslich strich er sich durch den Bart, zu mehr war er nicht fähig. Auch er litt Qualen. Trotz viel Gottvertrauen drängte sich die Frage nach dem Warum in den Vordergrund. Marie wandte den Blick von ihrem kleinen Mädchen ab. Mit heiserer Stimme sagte sie: «Ach, unsere kleine, süsse Gertrud! Ich kann mich nicht damit abfinden, ein Kind zu verlieren. Ich sehe ja immer noch unsern Paul vor mir, den wir erst vor einem Jahr verloren haben. Warum schon wieder?»

Johannes schwieg. *Der Herr hats gegeben, der Herr hats genommen* schien ihm in diesem Moment nicht hilfreich.

Auch Theo und Karl waren tieftraurig. Die beiden Jüngsten, Adele und Hermann, konnten sich noch zu wenig ausmalen, was dieser endgültige Abschied bedeutete, liessen sich auch gerne trösten mit dem Satz, die kleine Gertrud sei nun zusammen mit Paul bei den Engelein und beim lieben Heiland. Und der dreijährige Hermann meinte treuherzig:

«Übers Jahr will dann ich zum lieben Heiland!»

Marie strich ihm übers Haar. Wie gut, dass die Kinder mit dem Tod besser umgehen konnten als sie.

Ein tiefer Schmerz bohrte in ihr. Sie wusste, es gehörte zum Schicksal der Frauen, Kinder zu verlieren. Aber es schien ihr viel zu viel auf einmal. Die Geburt und der Tod von Paul, danach die erneute Schwangerschaft und Geburt von Gertrud, und nun wieder ihr Hinscheiden – zweimal inniges Glück, dann wieder tiefer Schmerz und alles innerhalb kürzester Zeit –, woher sollte sie die Kraft nehmen, um es zu verarbeiten? Ob sie sich je wieder auf ein Kind freuen konnte? Sie ertrug den Gedanken nicht, obwohl sie ahnte, dass sie bereits wieder schwanger war.

Die biblische Geschichte von Hiob fiel ihr von Neuem ein, als sie gleich danach die Nachricht vom Tod ihres älteren Bruders Samuel in Indien erreichte.

Das Tropenklima hatte seinen Tribut gefordert. Er war nur vierzig Jahre alt geworden. Vor langer Zeit hatte er als junger Missionar in Mangalore sie und Charles getraut – wie lange war das her? Sechzehn Jahre! Charles lebte schon lange nicht mehr, und nun hinterliess auch Samuel eine Frau und zwei Kinder. Sie würden wohl bald nach Calw kommen. Wohin hätte sich die Witwe sonst wenden sollen?

Im folgenden November kam ein kleines Mädchen zur Welt. Die Geburt dauerte sehr lange. Mit ihren achtunddreissig Jahren hatte Marie bereits acht Geburten durchgestanden, doch jedes Mal schien es ihr, dass sie nie zuvor so viele Schmerzen habe erleiden müssen.

«Ein Mädchen», lächelte die Hebamme, als sie ihr das kleine Wesen in den Arm legte.

Johannes betrachtete es entzückt.

«Wir nennen es nach dir, Marie.»

«Meinst du? Dann weiss ich ja gar nicht mehr, wer gemeint ist, wenn jemand nach mir ruft», gab sie zu bedenken.

«Wir nennen die Kleine einfach Marulla, so rufen wir in meiner baltischen Heimat die Kinder mit dem Namen Marie.»

Marie lächelte erfreut, dieser Name gefiel ihr.

«Meine kleine Marulla – wenn du nur gesund bleibst und die ersten Jahre überstehst …», murmelte sie ängstlich, während sie zärtlich auf das kleine Mädchen blickte. Es kam ihr vor wie ein kostbarer Schatz, den sie hüten und auf keinen Fall wieder hergeben wollte; nur nicht noch einmal ein Kind verlieren!

7. Kapitel
Basel 1881

Das neue Jahr begann mit einer Überraschung. Johannes trat aufgeregt in die Küche und meldete mit unverhohlenem Stolz: «Das Komitee der Basler Mission hat mich nach Basel berufen! Ich soll Deutsch und Literatur unterrichten und auch das Missionsmagazin herausgeben.»

Marie schaute verblüfft vom Kochtopf hoch, in welchem sie gerade rührte.

«Nach Basel? Das ist ja wunderbar! Kannst du dir vorstellen, was das für mich bedeutet? Zurück an den Ort meiner Kindheit. Und welche Ehre für dich, Johnny!»

«Du weisst, man gibt dem Alter und der Erfahrung den Vorzug. Ich bin nun immerhin fünfunddreissig Jahre alt …»

«… und mit deinem Bart siehst du noch reifer aus», fügte Marie schmunzelnd hinzu, «du kannst dir nicht vorstellen, wie ich mich auf Basel freue!»

«Aber was werden wohl deine Eltern dazu sagen?»

«Wenn es das Komitee der Basler Mission so bestimmt hat, werden sie sich ohne Murren fügen. Für Papa wird man in Basel sicher eine Lösung bereithalten. Und wir werden ja oft hin und her Besuche machen können.»

Es war ein milder Frühlingstag, ein wolkenloser Himmel stand über dem Nagoldtal, und die Vögel zwitscherten. Es war ein Tag zum Glücklichsein, auch wenn die Abreise und das Abschiednehmen wehmütig stimmten. In der Nacht hatte Marie kaum schlafen können vor Aufregung. Was würde sie in Basel vorfinden? Gab es die alten Häuser noch, das Gundeldinger-Gut, die Stadtmauern und Tore? Würde sie sich nach mehr als dreissig Jahren Abwesenheit wieder heimisch fühlen?

Alle freuten sich, denn Marie hatte ihnen die Stadt Basel in den schönsten Farben geschildert. In ihrem schlichten schwarzen Rock mit dem kleinen, weissen Stehkragen, die braunen Haare sittsam unter den Hut geschoben und mit Handschuhen bekleidet, sass Marie in der Eisenbahn und betrachtete zusammen mit den Kindern und Johannes die Gegend, die an ihnen vorüberglitt. Ihre Füsse hatte sie sittsam nebeneinandergestellt, auch wenn sie es auf die Länge recht unbequem fand, doch es war undenkbar und schickte sich nicht, die Beine übereinanderzuschlagen, weil sonst die Knöchel unter dem Kleidersaum hätten hervorschauen können. Hin und wieder wischte Marie sich mit einem Tüchlein über das Gesicht, weil sich der lästige Russ der Dampflokomotive auf der Haut absetzte. Nach einigen Stunden war das weisse Tüchlein ziemlich schwarz geworden. Auch den Kindern flogen immer wieder Russpartikel in die Augen, die sorgfältig entfernt werden mussten. Aber man kam zügig vorwärts, Basel entgegen.

Die Ankunft im Missionshaus beeindruckte sie sehr. Das grosse Gebäude befand sich inmitten eines riesigen Gartens. Einen Augenblick standen sie alle still und sprachlos davor. Sie spürten die in sich geschlossene, besondere Welt und atmeten tief durch. Hier wurden also die Missionare während sechs Jahren ausgebildet, und Johannes durfte von nun an seinen Teil dazu beitragen.

«Nun teilen wir Freud und Leid mit der Basler Mission, Johnny. Mich macht das richtig glücklich. Man liebt mehr, man betet mehr, es ist ein wärmeres Leben als in Calw, nicht wahr?»

Bevor Johannes antworten konnte, deutete der vierjährige Hermann staunend auf einen grossen Baum und rief begeistert:

«Schaut! An diesem Baum bliebe der Absalom mit seinem Haar gewiss auch hängen.»

Marie lächelte, nahm ihn dann aber energisch an die Hand, während sie die kleine Marulla auf dem Arm trug. Johannes führte die sechsjährige Adele zur Tür, sie wollten einen guten ersten Eindruck machen. Ohne zu zögern schritt er zum Eingang, wandte sich dann kurz um, nahm Marie entschlossen am Arm, und während sie zusammen die Treppe hochstiegen, erwiderte er: «Vergiss nicht, wir wohnen nicht hier. Wir haben eine eigene Wohnung am Müllerweg.»

Ein Herr vom Komitee mit einem Gehstock mit silbernem Knauf nahm sie freundlich in Empfang. Seine

Basler Missionshaus.

braunen Augen unter den buschigen Brauen ruhten abwägend auf Marie und musterten danach die Kinder. Dann wandte er sich an Johannes und begrüsste ihn mit fester Stimme. Marie stand, wie es sich für eine wohlgesittete Frau gehörte, schweigend daneben und hoffte, die Kinder würden sich ruhig verhalten. Sie fühlte sich gleichzeitig leer und glücklich, so als ob sie träumte.

«Und Sie sind also die Tochter von Hermann Gundert», stellte der Herr vom Komitee schliesslich fest und gab Marie die Hand, «geht es Ihrem Herrn Papa gut?»

Marie beeilte sich zu versichern, dass es ihrem Vater gut ging. Dann waren sie entlassen.

Die neue Wohnung gefiel allen sehr. Sie lag in einer fast ländlichen, bescheidenen Vorstadtgegend. Seit man vor wenigen Jahren die Stadtmauer abgerissen hatte, breiteten sich die Häuser bis über die Bahnlinie aus, welche nahe bei ihrem Haus durchlief[8]. Da fuhren die Züge aus dem Elsass vorbei zum Schweizer Bahnhof.

Ein Hof und ein kleiner Garten gehörten zum Haus. Ein Kiesweg führte durch einige Beete. Eindrücklich war vor allem die riesengrosse Wiese neben dem Strassenzug, die Schützenmatte. Hier konnten sich die Kinder nach Herzenslust austoben. Der kleine Hermann

---

[8] der heutige Spalenring. Die Geleise der Eisenbahnlinie Strassburg–Basel liefen damals dort entlang.

rannte sofort hin und hüpfte wild darauf herum, schlug Purzelbäume, ohne zu ermüden, und fühlte sich unendlich frei. Zudem gaukelten Schmetterlinge über die Gräser, Bienen summten, und Adele begann sofort, aus Hahnenfuss, Glockenblumen und Wegerich ein Blumensträusschen zu winden. Das sechsjährige Mädchen sah entzückend aus in seinem blauen Kleidchen.

Schon am folgenden Sonntag begab sich die Familie ins Gundeldinger-Quartier, um den Ort zu sehen, an welchem Marie aufgewachsen war. Die Stadtmauer und das Stadttor, an das sich Marie noch so gut erinnerte, waren unterdessen abgerissen worden, weil man neue Häuser ausserhalb der alten Stadt erstellen wollte. Es blieb aber noch viel freie Landwirtschaftsfläche bis zum Vorderen Gundeldinger-Gut, das wie ein kleines Schlösschen im Grünen stand. Auf einem breiten Feldweg liefen sie an Äckern und Wiesen und einigen Reben vorbei. Am Himmel zog ein Raubvogel seine Kreise, irgendwo bellte ein Hund, manchmal überholte sie auch ein Reiter, sonst herrschte sonntägliche Ruhe vor. Nur einige wenige Häuser zeigten an, dass sie sich dem Gundeldinger-Gut näherten. Obsthaine, Ackerland und Waldhügel erstreckten sich bis weit in die Ferne.

«Es steht zu befürchten, dass alles überbaut werden wird in den kommenden Jahrzehnten, nicht nur das Quartier bei unserm Haus, sondern auch dieses Gebiet hier. Die Stadt wird grösser und grösser und braucht Platz», meinte Johannes, während sie gemächlich zum Gut spazierten.

Marie erlebte ein Auf und Ab der Gefühle. Das einst Vertraute unter neuen Perspektiven zu erleben, gab ihr zu denken. Erinnerungen an glückliche Stunden, aber auch an Enttäuschungen stiegen empor. Es waren Schatten aus längst vergangener Zeit. Vieles war verändert. Neben Vertrautem fand sich Neues, Verwandeltes. Es befremdete Marie, dass sie niemanden mehr kannte. Auch viele Häuser sah sie zum ersten Mal. Sie lief die vertrauten Wege entlang wie eine Schlafwandlerin. Endlich zeigte sie auf einen kleinen Hügel, auf dem ein Kirchlein thronte, und rief erfreut: «Dort beim Margarethenkirchlein bin ich oft gesessen und habe den Duft des Waldes eingesogen und in die Stille geträumt, oder ich habe kleine Gedichte verfasst. Ich rieche noch den feuchten Boden. Es war mein Lieblingsplatz während meiner Kinderjahre.»

«Schon damals als Kind hast du gedichtet?», fragte Johannes erstaunt.

«Ja, es sprudelte schon in jener Zeit aus mir heraus. Jetzt komme ich ja leider viel weniger dazu. Es fehlt mir die nötige Ruhe.»

Schliesslich erblickte sie den Landsitz, das Vordere Gundeldingen. Zögernd trat Marie näher und musterte das grosse Haus.

«Der Gartenhag steht noch da, unverkennbar, wenn auch ziemlich verwittert, und die Bäume sind viel grösser, als ich sie in Erinnerung habe. Irgendwie ist alles fremd, und doch klingt Vertrautes an. Aber ich finde

Landgut Vorderes Gundeldingen, Basel.

mein Daheim nirgends mehr», meinte sie nachdenklich, während sie auf die Stätte ihrer Kindheit blickte. «An den Treppenturm kann ich mich gut erinnern, dort haben wir oft gespielt. Und hinter dem Haus befand sich der Stall mit den Pferden. Ich weiss noch, wie ich mich manchmal dorthin geschlichen habe, um reiten zu können. Einmal fiel ich vom Pferd und zog mir ein Loch im Kopf zu. Es blutete stark – oh, das setzte ein Donnerwetter ab, weil ich unerlaubt geritten war!»

«Und deine Mama und Papa waren nicht da, um dich zu trösten?», fragte die sechsjährige Adele mit grossen Augen.

«Nein, sie weilten weit weg in Indien, das weisst du doch.»

Marie betrachtete ihre Kinder und konnte sich schwer vorstellen, ohne sie nach Indien zu gehen. Zu gut erinnerte sie sich daran, was sie damals als Kind empfunden hatte. Sie war genauso alt gewesen wie ihr kleiner Hermann jetzt.

«Es waren noch mehr Kinder ohne ihre Eltern hier. Herr und Frau Ostertag haben uns erzogen. Wir durften ihnen ‹Mama› und ‹Papa› sagen. Wir hatten es gut zusammen in den acht Jahren, die ich hier verbrachte. Ich habe gelernt, dass man Pflichten hat und dass man gläubig zuhören und nicht widersprechen soll.»

«Und dann durftest du auch nach Indien gehen?»

«Nein, zuerst musste ich noch fast zwei Jahre lang nach Korntal in ein Institut der Evangelischen Brüdergemeinde. Und danach war ich ein Jahr in Corcelles am Neuenburgersee. Dort ist eure Grossmutter aufgewachsen. Da habe ich Französisch gelernt. Erst mit fünfzehn Jahren konnte ich dann endlich nach Indien zu meinen Eltern reisen.»

«Da hast du dich sicher sehr gefreut», meinte Adele zufrieden, und Marie nickte bestätigend. Für die Kinder hatte damit die Geschichte ein gutes Ende gefunden. Auch Marie kam es eher vor wie ein Märchen. Es war einmal … dachte sie wehmütig. Johannes blickte sie forschend von der Seite an.

«Dafür kannst du jetzt Baseldeutsch reden mit den Leuten, du hast es nicht verlernt. Für mich tönen die Worte, so wie die Schweizer sie aussprechen, eigenartig, derb und überraschend. Ich werde immer an meiner Sprache gemessen und als Fremdling behandelt. Aber das war schon in Calw so. Wie heisst es doch in einem Petrusbrief? *Ihr seid nur Gäste und Fremde in dieser Welt.*»

Am folgenden Sonntag erkundeten sie zusammen die Innenstadt. Welch ein Gegensatz zum Schwarzwaldstädtchen Calw! Sie trafen auf vornehme Herren, die sich über Geschäfte unterhielten, Diener, die Botengänge machten, Kutschen mit eleganten Damen in hochgeschlossenen Kleidern und mit Bändern geschmückten Hüten auf dem Kopf sowie einige Reiter, denen die Kinder freudig nachstarrten. Sie liefen über das grellsonnige

Pflaster des Marktplatzes, betrachteten das Rathaus mit den vielen Bildern und dem goldenen Türmchen, staunten über die breite Rheinbrücke und stiegen schliesslich eine schmale Gasse hoch. Vorbei an der Universität und einigen Fachwerkhäuschen, die Marie an Calw erinnerten, gelangten sie schliesslich zum Münsterplatz. Die Fassade des Münsters leuchtete in der Abendsonne in tiefem Rot. Im Innern hörten sie einen Organisten auf der Orgel spielen, was den kleinen Hermann besonders faszinierte. Er wollte unbedingt hineingehen.

Die Atmosphäre des Innenraums verbunden mit den himmlischen Orgelklängen beeindruckte auch Marie und Johannes. Marie erkannte den hohen Raum nicht wieder. Etwas schien ihr verändert, bis ihr klar wurde, dass man den Lettner abgerissen hatte, der zu ihrer Kinderzeit noch in ganzer Breite vor dem Chor gestanden war. Dazu leuchteten im Chor neue, farbige Fenster in ihrer ganzen Pracht und vermittelten einen überirdischen Glanz.

Marie hatte nicht erwartet, dass sie sich so rasch in Basel einleben würde. Kam das von den Kindheitserinnerungen oder lag es daran, dass sie sehr nette Nachbarn hatte? Die meisten stammten aus dem vertrauten Umkreis der Mission, Missionare im Ruhestand oder im Urlaub sowie eine Missionarswitwe, deren Kinder die Schule im Missionshaus besuchten. Auch einige Handwerker und Angestellte wohnten in der Nähe.

Weniger Freude machte Marie die Nachbarschaft einer recht einfachen Arbeiterfamilie mit sechs wilden Buben. Der vierjährige Hermann bewunderte sie und nutzte jede Möglichkeit, um mit ihnen zusammen zu sein. Seine Spielsachen pflegten dabei Schaden zu nehmen oder verschwanden auf wunderliche Weise, Soldaten, Bilderbücher und Legsteine. Die Sprache und Schimpfwörter, welche zum Wortschatz der Buben gehörten, passten überhaupt nicht zu Maries Vorstellungen. Sie schritt schliesslich ein und verbot den Nachbarskindern, in ihrem Garten zu spielen, und dem kleinen Hermann untersagte sie den Umgang mit ihnen. Er beklagte sich sofort und weinte bitterlich, dass er nicht einmal einen einzigen Freund haben dürfe. Doch es stellte sich bald heraus, dass es so oder so nicht möglich war, die Knaben fernzuhalten, denn die grosse Wiese lockte. Dort spielten sie jeden Tag oder gruben zusammen Höhlen. Die Buben schickten Hermann Rechen und Hacke holen oder eine Fahne, sodass die Spielsachen bald wieder in ihren Händen landeten. Wenn er sie ihnen wieder entreissen wollte, brachen sie in ein bedrohliches Gelächter aus.

«Heute hatte ich wieder meine liebe Mühe mit unserm Hermännle», erzählte Marie abends Johannes, während sie sich zu Bett begaben, «der schlechte Einfluss der sechs Buben ist nicht zu übersehen. Er kam heim und erklärte mir voller Ernst, er sei ein Tagedieb. Als ich verblüfft nachfragte, wie er das meine, erklärte er mir, das sei einer, der am Tag bei den Leuten hole, was er brauche oder wolle. Ich versuchte ihm klarzumachen, dass man nicht einfach nehmen könne, was man sich wünsche. Er schien mich aber nicht verstehen zu wollen.»

Johannes war dabei, seinen hohen, steifen Kragen abzunehmen und murmelte: «Wir müssen aufpassen. Hinter dem kindlichen Eigensinn lauert die Verlockung des Bösen.»

«Ich weiss. Ich habe leider oft Mühe, unsern Hermann zu erziehen, er hat einen mächtigen, leidenschaftlichen Willen und auch bereits einen erstaunlichen Verstand für seine vier Jahre. Wo will das noch hinaus? Mir fehlt oft die Kraft, gegen sein Stürmen anzukämpfen.»

«Der Herr wird seinen stolzen Sinn in Arbeit nehmen.»

«Das hoffe ich. Er ist so anders als Theo und Karl. Immer hat er etwas entgegenzusetzen. Wenn ich ihn zur Strafe ins Zimmer sperre, so erklärt er mir rundheraus, das nutze nichts, denn er könne ja zur Unterhaltung aus dem Fenster sehen.»

«Du musst streng und konsequent mit ihm sein.»

«Das versuche ich ja. Aber er will immer die Grenzen testen und hat viel zu viel überschüssige Energie. Dabei weiss er ganz genau, was gut und was böse ist. Kürzlich mussten wir alle zusammen Heiden und Afrikaner spielen. Dann stellte sich unser vierjähriger Schlingel auf einen Schemel und begann zu predigen und redete uns mit köstlichen Bibelworten lautstark ins Gewissen. Du hättest ihn hören sollen! Sonst aber habe ich das Gefühl, mit meinen Verboten nur seinen Widerspruchsgeist herauszufordern. Kaum sage ich ‹Du musst …›, ist seine Gegenwehr spürbar.»

«Ich weiss. Auch meinen Züchtigungen setzt er ein trotziges Schweigen entgegen», räumte Johannes finster ein.

«Kürzlich meinte er verdrossen, nachdem er mir vergeblich versprochen hatte, lieb zu sein, und im nächsten Moment schon wieder auf Adele einschlug: Soll mich doch Gott lieb machen, mir kommts halt nicht.»

«Ich werde mich am Sonntag vermehrt um ihn kümmern müssen. Vielleicht wandere ich mit ihm zum Margarethen-Kirchlein und zeige ihm dort die Aussicht oder ich gehe mit ihm ins Museum.»

«Mach das. Und in den Zoologischen Garten möchte ich mit unsern Kindern auch bald gehen. Als ich klein war, gab es ihn noch nicht. Ich bin selbst begierig darauf, wieder einmal Kamele zu sehen …»

«… oder Elefanten und Affen.»

Es brauchte keine weiteren Worte, beide dachten an Indien und ihre Erlebnisse dort. Aber ihr kleiner Sohn lag ihnen noch mehr am Herzen. Während sich Marie die langen Haare bürstete, berichtete sie: «Bilder und Papier sind Hermanns grosse Leidenschaft. Kürzlich wünschte er sich ein Papier so gross wie das Spalentor! Und jeden Morgen setzt er sich noch vor dem Frühstück hin und sortiert seine Papierschnipsel. Wenn sie zu klein sind, um darauf zu malen, zerschneidet er sie, um sie zu verbrennen – du weisst, das liebt er auch sehr –, und die andern packt er sorgfältig auf die Seite, damit er darauf zeichnen kann und keines der Mädchen sie wegholt.»

Johannes nahm seine Brille ab, legte sie sorgsam auf den Nachttisch, strich sich durch die Haare und kroch ins Bett. Ein Gähnen unterdrückend meinte er mit schläfriger Stimme: «Und singen und reimen kann er auch ganz wunderbar. Ich bin sicher, mit Gottes Hilfe wird bestimmt etwas Prächtiges aus ihm.»

Im Herbst meldete Marie ihren Eltern in einem Brief erleichtert das Ende der Freundschaft mit den sechs wilden Buben aus der Nachbarschaft. Die Familie war fortgezogen. Die Frau hatte sich verabschiedet und erklärt, sie zögen nun weit weg, «wit, wit ewäg vors Bläsitor». Dieses Stadttor lag in Kleinbasel, nicht so weit entfernt, wie die Beschreibung der einfachen Frau vermuten liess, aber genug weit, dass die Buben nicht mehr zum Spielen erscheinen konnten.

Im Spätherbst, während einer sternklaren Nacht, standen alle sprachlos am Fenster und beobachteten einen Sternschnuppenregen, der nicht aufhören wollte. Marie war wieder schwanger und wünschte sich, dass die Monate ohne grössere Probleme vorübergehen würden. Den kleinen Hermann schickten sie nun in den Kindergarten. Die Magd Kathrin brachte ihn hin, wobei sie auf dem Weg zum Missionshaus gerne und begeistert beim Bahnübergang darauf warteten, bis eine Lokomotive vorüberdampfte. Das mächtige Keuchen hörte man schon von Weitem. Hermann staunte mit offenem Mund, bis der ganze Eisenbahnzug vorüber war.

Während Hermann im Kindergarten weilte und Adele bereits zur Schule ging, blieb die einjährige Marulla daheim. Sie versuchte gerade laufen zu lernen, was ihr aber noch nicht gelingen wollte und ihre Augen unwillig aufblitzen liess. Marie sah ihr lächelnd zu. Die Kleine hatte ihre dunklen Augen geerbt. Adele und Hermann hingegen besassen die hellblauen Augen von Johannes. Marulla rutschte meist auf dem Boden herum und kam dabei erstaunlich rasch vorwärts, sodass Marie und die Magd Kathrin sie nicht aus den Augen lassen konnten.

Johannes ging ganz in seiner Arbeit auf, Marie spürte, dass er zufrieden war. Auch seine Kopfschmerzen hielten sich in Grenzen. Theo, nun schon sechzehn Jahre alt, hatte eine Lehrstelle bei einem Apotheker gefunden und der dreizehnjährige Karl weilte in einer Lateinschule in Göppingen. Marie schien es, als ob sie noch nie eine so glückliche, ruhige Zeit verbracht hätte, seit sie wieder in Europa war, auch wenn ihr kaum eine stille Minute ohne Kinderlärm vergönnt war. Abends erzählte sie den Kindern biblische Geschichten oder Märchen und merkte bald, wie sehr sich der kleine Hermann in eine Erzählung hineinsteigerte, alles tief empfand und mit seiner Fantasie noch mehr ausschmückte, aber auch vieles verarbeiten musste. Am liebsten hörten alle ihren

Erzählungen über Indien zu, das Land, die Farben, die Leute und ihre Geschichten nahmen sie mit in ihre Träume.

Eines Tages wurde Hermann keuchend und zitternd nach Hause gebracht. Seine blonden Haare klebten am Kopf, weil er offensichtlich eine grössere Strecke gerannt war. Marie nahm ihn in die Arme, um ihn zu beruhigen.

«Was ist denn passiert?», fragte sie besorgt.

Er war in der Dämmerung unterwegs gewesen, zusammen mit zwei älteren Mädchen und deren Brüderlein. Die Mädchen blickten sich verlegen an.

«Hat er etwas angestellt?»

Die Mädchen schüttelten den Kopf.

«Nein. Es ist nur … wir haben … ich habe die schauerliche Geschichte von der Glocke Barbara erzählt. Und gerade beim Höhepunkt schlug die Glocke der Peterskirche. Da ist Hermann so erschrocken, dass er meine Hand fahren liess und davonrannte, als ob der Teufel hinter ihm her wäre. Ich konnte ihn kaum mehr einholen.»

Marie lächelte verständnisvoll. Sie beruhigte die Mädchen, das könne es bei Hermann geben und in Zukunft sollten sie ihm keine Schauermärchen mehr erzählen. Dann wandte sie sich dem immer noch verängstigten Buben zu, brachte ihn ins Bett und deckte ihn liebevoll zu.

«Erzählst du mir, was so schlimm war?», fragte sie leise. «Was war mit dieser Barbara?»

Der dreijährige Hermann Hesse.

«Sie wurde erschlagen», brachte Hermann stockend hervor, «aber die Glocke hat die Mörder jeden Tag beim Läuten daran erinnert und immer Barbara gerufen. Deshalb haben sie die Glocke vergraben. Aber noch aus der Erde heraus rief die Glocke jeden Abend anklagend: Barbara», berichtete Hermann immer noch bleich und bange, «und … und … da hat neben uns die Glocke plötzlich angefangen zu schlagen, gerade, als wir dort vorbeiliefen – ich bin so furchtbar erschrocken. Wenn nun die Mörder …»

Hermann rutschte fast ganz unter die Decke.

«Keine Angst, die Mörder sind schon lange nicht mehr am Leben. Das ist eine ganz alte Geschichte, das passierte vor sehr langer Zeit», versuchte Marie ihren fantasievollen Buben zu beruhigen. «Komm, ich erzähle dir noch etwas Schönes.»

«O ja, etwas von Indien?»

Marie erwachte und lauschte in die dunkle Nacht. Mit einigem Bangen sah sie der Geburt ihres neunten Kindes entgegen, denn sie war nun schon fast vierzig Jahre alt. Vor wenigen Tagen hatten sie Hermanns fünften Geburtstag gefeiert, nun konnte es nicht mehr lange dauern, der Geburtstermin sollte noch im Juli sein. Tagsüber lag die Stadt unter einer brütenden Hitze, zum Glück war es nachts einigermassen erträglich. Sie war froh darüber, denn sie schleppte sich durch die drückend heissen Tage, und die Nächte waren unruhig. Marie versuchte an alles Sanfte und Tröstende zu denken. Von Ferne hörte sie eine Glocke schlagen. Sie zählte mit, um eine Ahnung zu haben, wie spät es sei. Waren es drei oder vier Schläge gewesen? In diesem Moment begannen die Schmerzen.

«Johnny, wach auf, es ist so weit. Du musst die Hebamme holen, bitte.»

Johannes brauchte eine Weile, bis er begriff, wovon Marie redete. Dann schlüpfte er rasch aus dem Bett. Es war stockdunkel. Mühsam versuchte er die Petroleumlampe anzuzünden, dann kleidete er sich eilig an und weckte die Magd Kathrin. Während er leicht befremdet ihre wirren Haare betrachtete, bat er sie, die Hebamme zu rufen. Zum Glück wohnte sie in der Nähe, denn in der finstern Nacht hätte ein langer Weg mit der Laterne die ängstliche Magd einige Nerven gekostet.

Man schrieb den 13. Juli 1882. Während die Sonne heiss von einem strahlend blauen Mittagshimmel brannte, schenkte Marie einem Knaben das Leben. Sie nannten ihn nach dem Vater Johannes.

«Unser kleiner Hans ist auffallend dick und rund, gesund und kräftig», meldete Marie ihren Eltern in Calw. «Er ist ein liebes, ruhiges Kindchen, trinkt brav sein Schöpplein und schläft meistens. Nur in der ersten Zeit musste er sich daran gewöhnen, dass man – wie es Weltbrauch ist – nachts zu schlafen hat. Adele kümmert sich liebevoll um unsern Kleinen, und Hermännle ist stolz darauf, ein Brüderchen zu haben, während Marulla nun auch laufen gelernt hat.»

Marie war froh um den Hof und den kleinen Garten, der die Möglichkeit bot, die Kinder draussen spielen zu lassen.

Als der Sommer sich dem Ende zuneigte, überraschte sie Johannes eines Tages mit einer Idee.

«Ich habe beschlossen, dass wir das Basler Bürgerrecht erwerben. Ich bin ja immer noch russischer Staatsbürger. Es wird Zeit, dies zu ändern. Ich rechne damit, dass wir noch lange hier in Basel bleiben können.»

«Wunderbar, Johnny! Ich fühle ich mich hier sowieso ganz zu Hause. Dann werden wir nun Schweizer Bürger?»

«Richtig. Du und die Kinder sprechen ja bereits Baseldeutsch, bei mir wird es wohl kaum so weit kommen, es macht mir zu viel Mühe.»

«Darum reden wir auch immer wieder Englisch miteinander, damit wir uns verstehen können», scherzte Marie und ihre dunklen Augen blitzten. Sie wischte ihre Hände an der Schürze ab und lief zu Johannes, doch im gleichen Augenblick gab es ein grosses Geschrei. Die keifende Stimme einer Nachbarin war zu hören. Marie zuckte zusammen.

«Es ist bestimmt wieder etwas mit Hermann. Täglich kommen Reklamationen, entweder hat er ein Kind gestossen oder eine Scheibe eingeschlagen oder gar mit

Steinen nach einem Kind geworfen. Er ist furchtbar lebhaft und umtriebig.»

«Nun, das sind alle unsere Kinder.»

«Aber Hermann hat viel zu viel Fantasie und es fehlt der Gehorsam, manchmal ist er kaum zu haben. Am besten ging es in unseren Ferien auf dem Rechtenberg[9]. Da war er glücklich mit den Pferden, Kühen, Hunden und Hühnern. Es gab stets etwas, das ihn forderte, er konnte beim Melken zusehen, beim Heuen helfen oder Himbeeren suchen. Selbst das Gülleausfahren interessierte ihn brennend, trotz des Gestanks.»

«Ich hatte auch mehr Zeit für die Kinder», fügte Johannes an.

«Oh ja. Hermann spielte nach den Waldspaziergängen noch lange auf den von dir zurechtgeschnittenen Rohrinstrumenten.»

«Er hat viele Gaben, er fantasiert stundenlang auf dem Harmonium, malt wunderbare Zeichnungen, und an Reimen fehlt es ihm auch nie. Doch er muss endlich lernen, sich zu fügen.»

«In der Sonntagsschule im Knabenhaus scheint er folgsam und brav zu sein, hat man mir erzählt.»

«So? Nun, dann müssen wir ihn für einige Zeit ins Knabenhaus geben, so demütigend das für uns

---

[9] Landsitz der Familie Sarasin bei Bretzwil, Kanton Basel-Landschaft

wäre. Unser Hauswesen ist für ihn offensichtlich nicht genug diszipliniert und regelmässig. Er braucht eine strengere Zucht.»

«Ganz ins Knabenhaus? Das scheint mir doch etwas gar hart. Er ist doch erst sechs Jahre alt und kann noch nicht einmal lesen und schreiben! Meinst du wirklich, wir sollen ihn ins Internat geben? Alle anderen Kinder dürfen bei uns bleiben und nur er muss ins Kinderheim? Das ist schwer. Ich weiss noch zu gut, wie ich mich gefühlt habe in jenen Jahren ohne meine Eltern», warf Marie zögernd ein. «Vater findet auch, wir müssten mit ihm noch etwas Geduld haben.»

«Das hat Vater geschrieben?»

«Ja, er meint, es komme auch von Gott, dass einem die Kinder Rätsel aufgeben, und fährt fort, dass es keine Freude wäre für ihn, wenn wir unsern Buben abgeben würden. Wir würden ihn ja niemandem übergeben können, dem er mehr am Herzen läge als uns. Aber Vater gibt zu, dass unser Bub ein verzwickter, leicht hochgesteigerter Bursche ist.»

Johannes schwieg einen Moment, bevor er entschlossen sagte: «Wir werden ihn nach Weihnachten ins Knabenhaus geben. Nicht für Jahre, doch ich denke, während vier bis fünf Monaten wird es ihm bestimmt nicht schaden. Er soll ruhig erleben, wie es ist, ohne Eltern zu sein, und wie man sich zu fügen hat. Am Sonntag darf er jeweils zu uns kommen. Es ist höchste Zeit für ihn, Gehorsam und Disziplin zu erfassen, er muss lernen, sich unterzuordnen und den Willen Gottes zu erkennen.»

«Aber das Knabenhaus ist ein Internat für die Kinder der Missionare, die in Indien oder Afrika weilen. Können wir unsern Hermann da trotzdem hingeben?»

«Ich bin sicher, dass wir das hinbiegen können.»

Marie fiel nichts mehr ein, was sie dagegen hätte einwenden können, und so nickte sie ergeben.

Unterdessen war der Frühling ins Land gezogen, die Vögel zwitscherten, und der Alltag mit der Hausarbeit war wieder um vieles leichter. Kein mühsames Anziehen von warmen Stricksachen und kratzenden Wollstrümpfen mehr, die kleine Wäsche konnte man wieder im Freien trocknen, denn ein lauer Wind blies. Die Bäume zeigten das erste zarte Grün und die Pappeln glänzten im lichten Laub. Marie hatte zusammen mit der Magd das ganze Haus geputzt, die Vorfenster weggeräumt und den Gärtner bestellt, damit er den kleinen Garten auf Vordermann bringen würde.

Das Einzige, was Marie belastete, war das Gerede der Nachbarn, die mit spitzen Bemerkungen kommentierten, dass der kleine Hermann im Knabenhaus weile, um besser erzogen zu werden. Marie hingegen betrachtete ihren Buben besorgt. Mager, bleich und gedrückt kam er jeweils an den Sonntagen aus dem Knabenhaus zu ihnen. Jedoch war nicht zu leugnen, dass er sich leichter fügte und lenksamer war. Abends betete er das Vaterunser, danach einen Segen, dann einen Vers eines Chorals und wollte schliesslich, dass auch noch Marie mit ihm bete. Sie sass auf seinem Bett und strich ihm über den Kopf: «Weisst du, gar so viel beten ist nicht nötig.»

Entrüstet gab der Kleine zur Antwort: «Es ist doch hundsdumm, wenn man es nicht tut.»

Marie fügte sich schmunzelnd. Sie betrachtete die dünnen Ärmchen des Sechsjährigen und das Herz tat ihr weh. Wenn diese Erziehungsmethode nur etwas bringt, dachte sie ergeben. So sehr sie sich innerlich gedemütigt fühlte, das Ziel war, das Kind dem geordneten Gefüge möglichst rasch und widerstandslos anzupassen. Sie sagte den Kindern leise Gute Nacht und schritt die knarrende Treppe hinunter zu Johannes ins Studierzimmer.

«Weisst du, was Hermännle vorhin zu mir sagte, Johnny? Es sei hundsdumm, nicht so viel zu beten!», berichtete sie schmunzelnd.

«Man könnte es etwas weniger drastisch formulieren, aber im Grundsatz hat er durchaus recht.»

Marie nahm sich vor, den köstlichen Satz aufzuschreiben. Sie füllte ihre Briefe an die Eltern stets mit vielen Kindersprüchen und Erlebnissen. Auch in ihrem Tagebuch hielt sie freche Antworten, aber auch bedenkenswerte und humorvolle Begebenheiten fest.

Abgesehen von den Erziehungsschwierigkeiten mit dem kleinen Hermann war das Leben in Basel angenehm und voll interessanter Begegnungen. Die Kinder freuten sich über die Herbstmesse mit den vielen Buden am

Knabenhaus der Basler Mission.

Barfüsserplatz, den süssen Messmocken und den Örgelimännern. Auch die gemeinsamen Besuche im Museum an der Augustinergasse am Sonntag liebten sie sehr. Hermann betrachtete stets versonnen sein Lieblingsbild mit einem grossen, gelb leuchtenden Kornfeld[10]. Eine Fahrt mit der Fähre über den Rhein gehörte zum Höhepunkt eines Ausflugs in die Stadt.

Eines Tages beobachtete Marie vom Fenster aus die achtjährige Adele zusammen mit dem sechsjährigen Hermann, wie sie sich ratlos vor der Haustür herumtrieben. Kurz zuvor hatte Marie die beiden zum Einkaufen geschickt. Die Türglocke des Hauses ging sehr schwer und beide waren zu schwach, um sie kräftig genug ziehen zu können. Normalerweise kamen sie dann durch den hinteren Garten ins Haus. Nun standen die beiden Kinder jedoch beratend vor der geschlossenen Tür. Marie wollte gerade hinunterrufen, sie werde gleich öffnen, da bemerkte sie, wie die beiden zu beten anfingen. Danach zog Adele an der Glocke – und siehe da, sie läutete! Während Marie ihnen die Türe aufschloss, verkündete der kleine Hermann strahlend: «Wir haben gebetet, da half der Heiland Adele, die Glocke zu ziehen!»

Beide verschwanden gleich wieder nach draussen und wiederholten nun mehrere Male das eben Erlebte. Marie

---

[10] Robert Zünd: Die Ernte, 1859

sah ihnen lächelnd vom Fenster aus zu. Adele versuchte vergeblich mit der Glocke zu läuten, dann beteten sie, und danach funktionierte die Glocke nach Wunsch.

Ein spätherbstlicher Himmel zeigte sich über der Stadt. Die Sonne schien jeden Tag durch den matt-nebligen Himmel, doch sie hatte nicht mehr viel Kraft. Man hielt sich am liebsten in der warmen Küche beim Herd auf. Es war höchste Zeit, die Vorfenster einzusetzen. Es gab viel zu ordnen und zu bedenken.

«Hansli ist verschwunden!», rief da die Magd Kathrin entsetzt, als sie zum Mittagessen die Kinder zusammenrief. Marie schaute erschrocken vom Sessel hoch. Sie hatte Besuch, den sie nun in aller Eile verabschiedete.

«Um elf, als meine Gäste ankamen, lief Hansli gerade die Treppe herab, trug Papas alten Hut auf dem Kopf und winkte ‹Ade, Mama!›. Ich dachte, er ginge in den Hof spielen, aber da er kein Mäntelchen anhatte, kam ich nicht auf die Idee, er könne ernsthaft weggehen wollen. Ich kümmerte mich nicht weiter um ihn, denn ich musste den Besuch hereinbitten. Er wird doch nicht …»

Kathrin schüttelte bekümmert den Kopf und erklärte zerknirscht: «Ich habe mich mit dem Kochen beschäftigt. Ich dachte, Hansli sei bei Ihnen.» Verzweifelt suchten sie im ganzen Haus, im Hof, dem Kiesweg, im Garten, blickten zur grossen Wiese – ein Zweijähriger konnte doch nicht einfach spurlos verschwinden!

«Meine Güte, die Lokomotive!», rief Marie in panischer Angst aus. «Er liebt es doch so sehr, sie vorbeifahren zu sehen.»

«Um diese Zeit fährt keine Eisenbahn», antwortete Johannes, der gerade nach Hause kam und seinen Hut an den Haken hängte, «was ist denn los?»

«Hansli ist verschwunden, einfach weg!»

Ruckartig fuhr er herum.

«Seit wann?»

«Das wissen wir nicht. Um elf ging er nach draussen …» Marie versagte die Stimme. Johannes starrte sie einen Moment sprachlos an, dann nahm er entschlossen seinen Hut und lief hinaus.

«Das ist ja schon über eine Stunde her! Ich gehe zur Polizei», rief er, während er davoneilte.

Es waren lange, bange Minuten des Wartens, die Machtlosigkeit zehrte an den Nerven. Marie dachte an alle möglichen Gefahren, vor allem an die Eisenbahn, aber auch daran, dass das Kind bei der Kälte kein Mäntelchen anhatte. Sie stand unter der Tür und blickte sorgenvoll umher. Viele Kinder waren zu sehen, Fuhrwerke fuhren vorbei, einige Handwerker mit Handkarren, aber nirgends eine Spur von Hansli.

Das Mittagessen liessen sie kalt werden, niemand brachte einen Bissen hinunter. Marie schaute verzweifelt nach allen Richtungen. Da – endlich erblickte sie in der Ferne Johannes mit dem kleinen Buben auf den Schultern, wie er rasch dem Hause zustrebte.

«Gott sei Lob und Dank, sie sind da», rief Marie erlöst. Dann eilte sie den beiden entgegen.

«Wo war er denn?», fragte sie schon von Weitem.

«Am Spalentorweg.»

«Du meine Güte, auf der andern Seite der Eisenbahnlinie! Wie hast du ihn denn gefunden?» Marie umarmte die beiden und fühlte sich unsagbar erleichtert.

«Auf der Polizeistation wusste man bereits davon und hat mich zum Torweg 21 geschickt. Dort sass unser Ausreisser vergnügt spielend mit den Kindern des Stadtmissionars Ehrhardt. Die Frau hat Hansli in der Eulerstrasse umherirren sehen und sofort gemerkt, dass etwas nicht stimmte. Sie nahm ihn zu sich und meldete es auf der Polizeistation. Hansli hat mit der Familie zusammen auch zu Mittag gegessen. Dabei habe er so andächtig gebetet, dass die Leute merkten, er gehört in ein frommes Haus!»

Marie war viel zu erleichtert, um sich über diesen Gedanken zu freuen oder mit dem Schlingel zu schimpfen. Johannes hingegen gab ihm doch noch ein paar kräftige Schläge auf den kleinen Hintern, Strafe musste sein.

Anfang des folgenden Jahres erreichten sie schlechte Nachrichten aus Calw. Tante Urania, die Schwester von Maries Mutter, war gestorben. Sie war nicht mehr die Jüngste gewesen, sodass man ihren Tod als gegeben hinnehmen konnte. Doch schon wenige Monate später kam ein weiterer Brief mit einer besorgniserregenden Mitteilung.

«Mutter hat es mit dem Herzen», berichtete Marie bekümmert und blickte vom Brief hoch, «sie bekam einen Herzkrampf. Dann ging es ihr einige Tage wieder besser, jedoch kurz danach habe sie geschrien: ‹Der Tod packt meine Füsse!› Seither ist ihr rechter Fuss gelähmt. Ich werde hinfahren, Johnny, mir lässt es keine Ruhe. Es kommt sicher von ihrem Herzen und damit ist nicht zu spassen.»

Johannes nickte verständnisvoll. Seine übrigen Gedanken äusserte er nicht laut, aber er machte sich Sorgen. Wenn die Mutter sterben würde, wer kümmerte sich dann um den alten Vater? Könnte es sein, dass sie wieder nach Calw zurück mussten?

Maries Mutter starb im September 1885. Wenige Wochen später erhielt das Komitee der Basler Mission einen Brief von Vater Hermann Gundert mit der Bitte, Johannes Hesse als seinen Gehilfen und Nachfolger nach Calw abzugeben. Marie und Johannes sassen wie geschlagen da, als sie davon hörten.

«Meinst du wirklich, dass wir nach Calw zurückkehren müssen? Ich fühle mich hier ausgesprochen wohl. Ich liebe meine Arbeit, meine Stellung in der Basler Mission, und die Redaktion des Missionsmagazins macht mir richtig Freude», meinte Johannes fast tonlos und starrte düster vor sich hin.

«Mir geht es genauso. Der Kreis unserer Missionsfreunde, unser sonniges Zuhause mit der netten Nachbarschaft, die schöne Stadt Basel – es fällt mir schwer zu denken, dass ich das alles aufgeben soll. Adele und Hermann gehen hier zur Schule und fühlen sich zu Hause. Sie erinnern sich an gar nichts mehr, was mit Calw zusammenhängt. Wir sind ja schon fünf Jahre hier. Auf der andern Seite steht Papa, der mit uns rechnet. Mit seinen zweiundsiebzig Jahren braucht er einen Nachfolger …»

«… und als Witwer jemanden, der sich um ihn kümmert. Du bist ja die einzige Tochter, sonst hast du nur Brüder. Vater scheint nun müde zu sein. Er hat schliesslich sehr viel geleistet in seinem Leben. Und der Fortgang des Verlagsvereins ist natürlich wichtig, denn da erscheinen alle frommen Schriften, die der Mission zugutekommen. Deshalb hat er wohl das Komitee gebeten, mich nach Calw zu senden. Es ist weder seine noch unsere Entscheidung, Marie.»

«Ich weiss, es ist Gottes Wille.»

«Irgendjemand hat einmal gesagt: Du erkennst den Willen Gottes am Willen des Komitees!», lächelte Johannes etwas spröde.

«Natürlich, der Beschluss des Komitees zählt», entgegnete Marie ergeben. Sie ahnte, wie das Gremium entscheiden würde. Plötzlich erinnerte sie sich an ihre Mutter. Was hatte sie damals gesagt, als sie gehorsam und schweren Herzens aus Indien abreisen mussten?

«Wir lassen uns führen und sind still», murmelte sie ergeben, doch sie spürte einen grossen inneren Widerstand. Es fiel ihr schwer, diese Worte zu akzeptieren. Johannes legte ihr beruhigend seine Hand auf den Arm.

«Schau, Marie, wir vergessen oft bei der alltäglichen Misere unseres Lebens, dass die irdische Existenz nichts anderes ist als eine fortwährende Bewährungsprobe für das Erlangen der ewigen Seligkeit.»

8. Kapitel
Calw 1886

Eine fortwährende Bewährungsprobe wurde ihr Leben in Calw in verschiedener Hinsicht. Im alten Haus des Verlagsvereins, dessen hellere Zimmer von Vater Gundert bewohnt wurden, hatten Marie, Johannes und die Kinder die düsteren und feuchten Räume zu beziehen, jenen Teil des Hauses, der hart an den Felsen gebaut war und selten vom Sonnenlicht erfasst wurde. Es kam ihnen wie ein Gefängnis vor. Johannes litt wieder vermehrt an seinen Kopfschmerzen und wirkte oft entmutigt und melancholisch gestimmt. Marie erging es nicht besser, selbst sie fürchtete, gemütskrank zu werden. Nur ihrem Tagebuch vertraute sie ihre geheimsten Gedanken an, Niederlagen und tiefste Verzagtheit. Sie versuchte sich mit Bibelzitaten Mut zu machen: *«Wer mir nachfolgen will, darf nicht mehr sich selbst in den Mittelpunkt stellen, sondern muss sein Kreuz auf sich nehmen und mir nachfolgen.»* Nur im Stillen wagte sie zu bekennen, dass das Kreuz zu schwer und ihre Arbeit mehr Last als Lust, mehr Kummer als Freude war. Es fehlte ihr auch der Austausch mit Gleichgesinnten. Hier in diesem engen Schwarzwaldtal begnügten sich die Leute mit dem, was um sie herum geschah. In Basel hatte Marie mit den vielen Missionsfamilien ganz andere Gespräche führen können, solche, die sie erfüllt und Anregungen geboten hatten. Zudem vermisste sie die häusliche Selbstständigkeit.

«Seit Mutter krank wurde, sorgte Cousine Jettle[11] für Vater. Die Zusammenarbeit mit ihr ist für mich nun nicht ganz einfach. Jettle will ihre bereits eingespielten Pflichten und Rechte nicht meinem Regime unterordnen. Was soll ich nur tun, Johnny?», fragte Marie leicht erbittert.

«Du bist doch die Tochter des Hauses, da gibt es kaum etwas daran zu rütteln, und es ist keine Frage, wer das Sagen hat.»

«Sicher. Aber ich bin erst vierundvierzig, Jettle ist einiges älter als ich, eine sehr redselige, altjüngferliche Frau mit schütterem, streng nach hinten gekämmtem Haar und peinlich sauberer Schürze. Sie hat den Haushalt geführt, lange bevor wir aufgetaucht sind. Und Papa erwartet, dass alles so bleibt, wie es immer war. Und Jettle unterstützt dieses Ansinnen.»

«Mir scheint, langsam entwickelt sich zwischen euch ein Misstrauen und eine Antipathie, die das Krankhafte streift», antwortete Johannes kopfschüttelnd.

«Ich anerkenne Vaters Rhythmus, seine Wünsche und Gepflogenheiten, doch auch unsere Familie ver-

---

11 Henriette Esslin, Cousine von Hermann Gundert

langt ihr Recht. Jettle hingegen will das nicht einsehen und dient einzig und alleine Vaters Wünschen. Alles andere scheint ihr unwichtig und kommt an zweiter Stelle.»

Johannes ging bedrückt aus dem Zimmer. Er litt ebenfalls darunter, nicht mehr der einzige Herr im Hause zu sein. Er fühlte sich wie unter Aufsicht gestellt und konnte sich nie entspannt daheim fühlen.

Marie verschwieg ihm von nun an die leisen, aber harten Zusammenstösse mit Jettle – immer mit frommen Zitaten und einem bittersüssen Lächeln vorgebracht, wie zum Beispiel *Die Liebe duldet alles.* Marie konnte diesen Bibelspruch schon gar nicht mehr hören. Die christliche Nächstenliebe war plötzlich infrage gestellt. Sie kämpfte gegen ihre beginnende Schwermut an und fragte sich, ob der Familie damit gedient sei, dass sie nur noch mürrisch durch den Tag lief. Etwas musste geändert werden, doch durfte sie ihren Vater verlassen?

Manchmal lief sie zum Friedhof in der Hoffnung, am Grab der Mutter eine Antwort auf diese Frage zu bekommen. Vor der Pforte stand ein uralter, moosbewachsener Nussbaum, innen plätscherte ein Brunnen, tiefer Friede herrschte vor, Marie jedoch bekam keine innere Klarheit oder Antwort auf ihre brennende Frage. Ihre Mutter mit ihrer nüchternen, streng calvinistischen Ansicht hätte wahrscheinlich über Maries Probleme nur milde gelächelt.

Die Kinder gewöhnten sich in Calw zum Glück rasch ein, schneller, als Marie erwartet hatte. Der neunjährige Hermann zeigte allerdings auch hier grosse Mühe mit der Schule und der von ihm erwarteten Disziplin. Das freie Leben im Landstädtchen und der nahen Natur kam ihm hingegen sehr entgegen. Den Sprachwechsel vom Baseldeutschen zum Schwäbischen vollzogen die Kinder in kurzer Zeit.

«Adele, Marulla und Hansli haben sich gut eingelebt, und eigentlich auch Hermann. Kein Pferd, von dem er nicht weiss, wem es gehört. Er liebt es, Maikäfer zu fangen, Hunde und Katzen zu streicheln, weiss, wo sich Vogelnester befinden oder Beerensträucher in den Gärten, und liebt es, von der Brücke aus den Fischern und Flössern zuzusehen. Er schwimmt, taucht und angelt gerne, aber das Stillsitzen in der Schule und das Sätzchen ‹Du sollst …› rufen sofort seinen Widerspruchsgeist hervor», klagte Marie eines Abends Johannes ihren Kummer.

«Ich weiss. Er entwickelt einen unübersehbaren Eigensinn, obwohl der Lehrer und ich ihn immer wieder mit Prügeln züchtigen.»

«Die Neugierde unserer Nachbarn ist unersättlich. Sie tragen mir jede Unart unseres Buben zu, früher oder später weiss ich alles, was er verbrochen hat. Ich spüre, dass sie eine gewisse Schadenfreude nicht unterdrücken können. Kinder christlicher Missionarsfamilien müssten ja besonders artig sein. Aber ausgerechnet wir haben einen auffallend schwierigen Knaben.»

Maries Vater Hermann Gundert.

«In diesem Schwarzwaldnest kennt man offensichtlich keine solchen Buben», verteidigte Johannes seinen Sohn, «hier sind die meisten dickbackig und gutmütig, mit mehr Kraft in den Armen als im Hirn. Hermann hingegen ist zart und intelligent. Seine Schulnoten sind gar nicht schlecht, Latein liebt er sehr, bald wird er Griechisch lernen können. Doch er träumt zum Fenster hinaus, anstatt mitzumachen. Er sollte nicht vergessen, dass er ein guter Schüler sein muss, sonst kann er nicht nach Maulbronn ins theologische Seminar.»

«Das hat ja noch Zeit. Wichtiger ist, dass er endlich lernt, folgsam zu sein. Heute sei er wieder mit einem Flösser die Nagold hinuntergefahren, hat man mir zugetragen. Vom Schilfufer aus sei er durchs Wasser und aufgesessen, dabei habe ich es ihm strengstens verboten. Es ist viel zu gefährlich für einen Neunjährigen. Pudelnass ist er nach Hause gekommen. Man sah ihm das schlechte Gewissen gleich an.»

«Was? Schon wieder? Das ist doch die Höhe. Manchmal habe ich das Gefühl, er nimmt meine Züchtigungen gar nicht mehr ernst.»

«Er ist hin und her gerissen zwischen seinem Zuhause und der Welt da draussen. Er pflegt Umgang mit diesen lockeren Flössern, und Landstreicher und Betrunkene faszinieren ihn, er liebt Skandalgeschichten – einfach alle wilden und grausamen Dinge. Er träumt davon, es dem Knaben gleichzutun, von dem die Sage berichtet, er sei mit einem Floss bis ans Meer gekommen. Und natürlich reizt ihn das Verbotene.»

«Er soll endlich aufhören mit träumen. Er hat trotz seiner neun Jahre immer noch nicht begriffen, dass es in unserer Welt Richtlinien und Pflichten gibt! Natürlich auch Schuld und Verzeihung, aber man muss sich danach nicht wieder Böses aufladen, sonst glaubt man nicht mehr an die Reue. Hermann muss lernen, sein Leben klar und geordnet zu führen. Es ist allerhöchste Zeit, dass er das einsieht.»

Beim Abendessen wurde kaum ein Wort gesprochen. Alle spürten, dass etwas Unheilvolles in der Luft lag. Als Johannes nach dem Essen den Buben in sein Studierzimmer befahl, wussten sie, dass wieder ein Donnerwetter über Hermann hereinbrechen würde. Auch Marie bestrafte ihn, indem sie ihm keinen Gutenachtkuss gab. Sie ahnte nicht, dass ihn diese Strafe weitaus mehr traf als die Schläge des Vaters.

Mehr als drei Jahre lang kämpften Marie und Johannes mit dem Gedanken und Wunsch, in eine eigene Wohnung zu ziehen. Eines Tages, während es in der Ferne donnerte und die Dämmerung nur noch einen Blick auf den schwarz scheinenden Kirchturm gestattete, sassen sie bedrückt zusammen am Tisch. Die Kinder halfen Jettle in der Küche beim Geschirrwaschen. Es war einer der kurzen Momente, an denen Marie und Johannes unter sich waren.

«Es geht nicht mehr, Johnny», gestand Marie kleinlaut, «die Verhältnisse sind einfach unerträglich. Ich hab es wirklich versucht, glaub mir, aber ich kann nicht mehr. Wir müssen ausziehen, weg von diesen düsteren, klammen Räumen, weg von … du weisst schon, und wieder ein eigenes Familienleben führen.»

«Ach, Marie, wie recht du hast! Unser dunkles Schlafzimmer, dessen Geruch man nicht beschreiben kann, ist einfach fürchterlich. Man darf nicht einmal das Fenster aufmachen, sonst wird es noch schlimmer mit dem Gestank.»

«Und ein rechtes Zusammenleben mit den Kindern ist auch schwierig in diesem weitläufigen Haus. Ich habe vor lauter Arbeit keine Zeit mehr für sie. Überdies möchte ich mich zu gerne wieder einmal mit etwas anderem beschäftigen.»

«Ich weiss. Du bist nur noch am Aufräumen, Putzen, Flicken und Diskutieren mit Jettle und deshalb mürrisch und verstimmt.»

«Heute ist mir plötzlich Mutters Klage eingefallen: Gottlob, in die Himmel man kocht nicht mehr, man wascht nicht mehr, man putzt nicht mehr! Ich kann diesen Stossseufzer nun noch besser verstehen. Mutter musste ja jahrelang in diesem Haus wirken. Mich dünkt, ich mache nichts anderes als kochen, waschen und putzen. Abgesehen davon kommst auch du immer später nach Hause – ich vermute fast, du drückst dich davor, heimzukommen, nicht wahr?»

Familie Hesse 1889, von links: Hermann, Vater Johannes, Marulla, Mutter Marie, Adele, Hans.

«Ich bitte um Nachsicht. Ich habe wirklich viel zu tun. Ich übernehme ja mehr und mehr Vaters Arbeit. Ich habe die Redaktion der drei Missionsblätter angetreten, dann die Leitung des Verlags mit den vielen Missionsschriften, sogar das Amt des Festredners bei den verschiedenen Missionsfesten liegt nun auf meinen Schultern.»

«Da bist du der Richtige. Deine Reden sind immer packend und lebendig. Trotzdem: Du bist viel seltener daheim als in Basel.»

«Ich kann besser im Verlag arbeiten. Hier im Haus befällt mich etwas Lähmendes, es ist zu düster und feucht, ich kann mich nicht entspannen. Wo immer ich mich aufhalte, stets muss ich damit rechnen, dass Jettle den Kopf hereinstreckt, um zu fragen, ob sie mir etwas bringen kann. Kein Essen, bei dem wir unter uns sind …»

«Genau deshalb meine ich, wir müssen einen Schlussstrich ziehen, so beschämend es ist. Es scheint ja lieblos und rücksichtslos gegenüber Vater zu sein, die Nachbarn werden sich das Maul zerreissen. Trotzdem muss ich gestehen, dass ich unbedingt fort muss, sonst werde ich krank. *Whatever your hand finds to do, do it with all your might*[12], stand heute in der Losung. Ich betrachte es als Zeichen, oder nicht?»

---

[12] Prediger 9:10: Alles, was deine Hand zu tun vermag mit deiner Kraft, das tue.

Das kleine Andachtsbuch mit den Losungen der Herrnhuter Brüdergemeine, mit ausgelosten Texten aus der Bibel, lasen sie täglich bei der Morgenandacht und versuchten so, den Tag mit den entsprechenden Worten anzugehen.

«Ja, wir müssen es packen. Wir werden Papa sagen, dass mein Gesundheitszustand einen Wechsel nötig macht, dass es eine luftigere Wohnung braucht.»

«Ich werde täglich zu ihm gehen. Und die Familie meines Bruders Friedrich kommt auch oft vorbei …»

« … und Jettle wird froh sein, wenn sie wieder alleine schalten und walten kann.» Marie nickte zerknirscht. Sie wollte nicht klein beigeben, aber es blieb ihr keine andere Wahl.

Im September 1889 zogen sie um in eine nette, sonnige Wohnung an der Ledergasse. Marie atmete tief und erleichtert auf. Von nun an gelang es ihr wieder viel besser, für ihren Vater da zu sein. Es war nun nicht mehr selbstverständlich und wurde auch nicht rund um die Uhr erwartet. Zudem begann Marie für die Calwer Familienbibliothek zu schreiben. Endlich hatte sie wieder eine Aufgabe, die sie herausforderte, und sie konnte sich mit etwas anderem beschäftigen als mit Haus und Familie. Das Leben des Bischofs Hannington und jenes von David Livingston beschäftigten sie, sodass sie sich gleichzeitig auch in die Welt der Mission in Afrika einlebte und vehement gegen den Sklavenhandel eintrat.

«Es ist eindrücklich, wie viel Bischof Hannington in Afrika leiden musste. Man kann es sich kaum vorstellen. Es ist erst vier Jahre her seit seiner Ermordung und wichtig, dass alle Leute davon erfahren. Er wurde sogar gefoltert», berichtete Marie, während sie erfüllt von ihren Nachforschungen zu Johannes in die Studierstube trat.

«Ich weiss. Seine Ermordung war leider der Auftakt zu einer Welle von Verfolgungen unzähliger Missionare in Afrika. Es hört gar nicht mehr auf.»

«David Livingston fasziniert mich ebenfalls sehr. Sein Tod ist ja auch erst sechzehn Jahre her. Als Missionar hat er sich sehr gegen den Sklavenhandel eingesetzt, abgesehen von seinen zahlreichen Entdeckungen. Auch seine Frau Mary ist mir wichtig.»

«Seine Frau?»

«Ja, sie ist viel früher gestorben als er, aber auch in Afrika. Sie muss ein entbehrungsreiches Leben geführt haben an der Seite ihres Mannes. Sie durchquerte mit ihm zusammen zweimal die Kalahari-Wüste und bekam während dieser Zeit jeweils ein Kind. Stell dir vor, mitten in der Wüste ein Kind zu bekommen!»

Johannes lächelte mild.

«Natürlich leidest du da mit ihr, du hast schon immer viel Fantasie besessen. Aber was der Mann geleistet hat, ist für mich unvorstellbar. Man vergisst ja immer, wie heiss und gefährlich es war.»

Hermann tauchte auf und blickte interessiert von einem zum andern. Marie wurde den Verdacht nicht los, dass er schon länger gelauscht hatte.

«Wo ist es gefährlich?», fragte er wissbegierig.

«In Afrika. Dort hat es Löwen und andere wilde Tiere. Da ist es für Missionare sehr gefährlich, von einem Ort zum andern zu gehen.»

«Und in Indien?»

«Nun, da hat es auch wilde Tiere, Tiger zum Beispiel, aber sie kommen den Menschen nicht oft nahe. In den Dörfern und Städten sieht man dafür Elefanten oder Kamele und jede Menge Affen. Sie sind nicht gefährlich, höchstens die Schlangen und Skorpione.»

Hermann nickte.

«Wenn ich gross bin, will ich auch nach Indien gehen», erklärte er mit fester Stimme.

Johannes freute sich sichtlich darüber.

«Wenn du ins theologische Seminar in Maulbronn gehen kannst und danach Theologie studierst, wird es sicher möglich, als Missionar in Indien tätig zu sein.»

Hermann nickte brav, er wusste schon lange, was man von ihm erwartete. Ihn lockten aber vor allem die wilden Tiere und die fremdländischen Bauten, von denen ihm Marie stets erzählt hatte, Geschichten, von denen er als kleines Kind nie genug hatte bekommen können.

Ein halbes Jahr später schickten sie den zwölfjährigen Hermann nach Göppingen in die Lateinschule zur Vorbereitung auf das Landexamen. Marie, mit Hut und Handschuhen und in gepflegtem, hochgeschlossenem, graublauem Rock, brachte ihn hin. Eine Kiste mit Wäsche, Kleidern und Büchern hatten sie vorausgeschickt. Sie warteten nun zusammen in der Schule auf den Rektor und betrachteten etwas gelangweilt an den Wänden die düsteren Porträts ehemaliger Rektoren oder anderer wichtiger Personen in breiten Bilderrahmen mit allerlei Schnörkeln und Laubverzierungen. Auf einem Kaminsims stand eine Bronzestatue des Königs von Württemberg. Marie nahm jede Einzelheit in sich auf.

«Göppingen gefällt mir nicht sehr», berichtete sie, als sie wieder daheim war, «diese vielen, hohen Fabrikschlote und der kleine Fluss – kein Vergleich mit Calw. Auch die Schule ist gewöhnungsbedürftig. Es riecht überall muffig und modrig, ein Geruch, der offensichtlich an allen Orten den Schulstuben anhaftet.»

«Und der Rektor? Hast du mit ihm sprechen können?»

«Der Rektor ist ein alter Mann mit wirren, grauen Haaren und einem abgeschossenen, grünen Gewand. Er rauchte eine lange Pfeife, die fast bis zum Boden reichte, während er uns begrüsste, und hüllte uns in eine gewaltige Rauchwolke. Ich war etwas befremdet. Man sagt, er sei ein Original. Er erinnerte sich sogar noch an unsern Karl, dabei ist es schon einige Jahre her, seit er dort zur Schule ging. Ich berichtete ihm, dass Karl nun im Militär sei, dann aber Lehrer werden möchte. Das fand er lobenswert.»

«Und Hermann? Wurde er geprüft?»

«Ja natürlich, er wurde sofort examiniert. In einer ganz verstaubten und verräucherten Schulstube! Der Rektor scheint ununterbrochen zu rauchen. Er war jedoch zufrieden und meinte, dass nur Fleissige an seiner Schule blieben, Faule hielten es nicht lange aus. Ich hoffe, die Kameraden haben einen guten Einfluss auf unsern Buben.»

«Das hoffe ich auch. Er muss ja einen sehr guten Abschluss machen, damit er ein Stipendium fürs theologische Seminar in Maulbronn erhält.»

«Es scheint sehr streng zu werden. Hermann hat nie einen freien Nachmittag», fuhr sie besorgt fort, «ich hoffe, er kommt damit zurecht. Seine zarte Konstitution bräuchte etwas mehr Ruhe zwischen den Stunden. Er klagte in letzter Zeit immer wieder über Kopfschmerzen, und die Augen taten ihm weh. Es dünkt mich genau wie bei dir, Johnny.»

«Das scheint er leider von mir geerbt zu haben. Und wie hat Hermann sonst reagiert?»

«Er zeigte keinen Abschiedsschmerz, falls du das meinst, doch seine hellen Augen wirkten plötzlich dunkel. Er hat ja keine Ahnung, wie lange so ein Jahr sein kann.»

«Und sein Zimmer in der Pension?»

«Oh, da hat er Glück. Er bewohnt mit ein paar Kameraden ein helles Eckzimmer im ersten Stock. Die Buben interessierten sich sehr für ihn, für seine Brille, den Zwicker, seine Harmonika, Trompete und Geige, sodass die

Hausmutter sorgenvoll feststellte, dass etwas gar viel Unterhaltung zu befürchten sei.»

Johannes fuhr sich durch den Bart, stand auf und blickte aus dem Fenster. Er genoss es, in der neuen Wohnung endlich eine Aussicht zu haben und nicht nur eine öde Felswand anstarren zu müssen. Dann wandte er sich um.

«Es lässt sich also gut an, das freut mich.»

«Es hat übrigens Knaben aus aller Welt, Deutsche, Franzosen und Schweizer, sogar zwei aus Jerusalem, und verschiedener Religionen. Hermann gefällt das sehr.»

«Das kann ich mir vorstellen. Aber da fällt mir ein, Marie: Unsern Erstklässler Hans müssen wir auch etwas vermehrt beaufsichtigen. Er sei der schlechteste Rechner der ganzen Klasse, hat mir sein Lehrer heute erklärt, als ich ihn auf der Strasse traf. Es interessierte ihn wenig, dass Hans dafür ein guter Lateinschüler ist. Diesem Lehrer scheint Mathematik wichtiger zu sein, überhaupt hatte ich einen zwiespältigen Eindruck von ihm. Er erinnerte mich an eine Spinne.»

«An eine Spinne, die darauf wartet, dass sich ein Tier im Netz verfängt? Nun ja, er sitzt oben auf seinem Katheder, die Buben unten, er fragt, und sie müssen antworten. Vor sich hat er ein kleines Notizbuch, in welches er die Noten schreibt, und wer eine falsche Antwort gibt …»

«Was erwartest du? Die Schule war schon immer so. Es ist ein Ort, der auf persönliche Interessen keine

Rücksicht nimmt. Auch ich habe die Stunden als ein stumpfes, ödes Lernen in Erinnerung. Aber die Person dieses Lehrers hatte etwas, wie soll ich es ausdrücken, etwas Heimtückisches.»

«Wenn nur die Hälfte stimmt, wovon Hans berichtet, so ist sein Lehrer recht brutal und rücksichtslos verbissen. Er will gute Resultate mit Prügeln aus ihm herausholen. Kürzlich fragte ich Hans nach dem Wort Zwietracht, das in einem Choral vorkam. Ob er wisse, was Zwietracht bedeute? O ja, antwortete er mit einem verzweifelten Unterton, in der Schule würde sich der Lehrer auch nicht damit begnügen, nur eine Tracht Prügel zu geben!»

Johannes lachte trocken auf und strich sich wieder über den leicht angegrauten Bart.

«Schule bleibt Schule. Ganz ohne Prügel geht es nicht.»

«Ich hoffe nur, Hermann wird seine Zeit in Göppingen gut überstehen, trotz seines Widerstandes gegen alles Autoritäre.»

«Ich bin überzeugt, wir sind auf dem richtigen Weg. In Göppingen ist er in einer völlig anderen Umgebung, das wird helfen», schloss Johannes zuversichtlich.

«Auch meine beiden Grossen machen ihren Weg. Ich freue mich darauf, wenn nun Karl bald aus dem Militärdienst entlassen wird. Es wird mir guttun, wieder vermehrt Musik im Haus zu haben. Karl und Theo singen beide wunderschön. Ich bin ziemlich stolz, dass

Theo nun nach seinem Apothekerexamen als Opern- und Konzertsänger unterwegs ist, aber mit Karl musiziert Adele am liebsten. Mein Bruder Friedrich hat mir versichert, er werde Theo und Karl als Solisten einsetzen beim nächsten Konzert des Calwer Kirchenchors.»

«Davon habe ich schon gehört. Theo wird in der Passion den Evangelisten singen und Karl den Christus. Ich bin auch stolz darauf.»

9. Kapitel
Calw 1891

Marie bückte sich und angelte einen Zettel unter dem Esstisch hervor. Es war der weihnächtliche Wunschzettel des achtjährigen Hans. Erstaunt las sie die säuberlich notierten Worte:

«Bitte an Gott: Ich ‹ego› wünsche mir ein reines Herz und mehr Weisheit im Rechnen.»

Schmunzelnd zeigte sie ihn Vater Gundert, der stets regen Anteil an der Entwicklung seiner Enkelkinder nahm. Sie besuchte ihn täglich, auch während der schneereichen und eiskalten Tage. Sie war stets darum bemüht, ihn aufzuheitern.

«Ein reines Herz und mehr Weisheit im Rechnen wünscht er sich, soso!», brummte Vater Gundert vergnügt in seinen vollen Bart hinein.

«Hans ist kein schlechter Schüler, aber das Rechnen macht ihm grosse Mühe, und es belastet ihn offensichtlich, dass er nicht besser ist.»

«Das wird schon werden, mach dir keine Sorgen, mein Kind. Hans ist ein Gundert, das sieht man schon an seiner Statur. Ihn wirft nicht so leicht etwas aus der Bahn. Hermann ist da anders. Er ist ganz wie dein Johannes, zart und anfällig für Kopfschmerzen. Diese baltischen Seelen sind empfindlich. Es scheint mir, sie haben fast alle einen Zug von Schwermut an sich.»

«Ja, da hast du recht, Hermann hat viel von Johannes. Hans und Marulla schlagen dafür nach der Gundert-Seite. Aber Hans ist trotzdem recht zart besaitet, da darf man sich nicht täuschen lassen.»

«Bei Adele zeigt es sich nicht so eindeutig, sie hat von beiden Seiten etwas. Und Hermann, na ja, da kann man gar nichts sagen, es wird sich noch zeigen.»

«Er berichtet sehr vergnügt aus Göttingen. Der Rektor muss ein ganz besonderer Lehrer sein, stets zu Schabernack aufgelegt, aber trotzdem ernsthaft im Unterrichten, besonders in der Religion. Aber wenn er vor dem Haus ein kolossales Schwein erblickt, lässt er die Knaben auf die Strasse, damit sie es sich ansehen können. Er scheint ein grosses Talent zu haben, mit Buben umzugehen.»

«So ists recht. Und was macht euer neuer Hausgenosse, der Graupapagei?»

«Unserem Polly geht es prima, er wird von allen verwöhnt, macht aber auch ordentlich Dreck und Radau. Da wir ihn von einem Afrika-Missionar geschenkt bekommen haben, kann ich nur gute Miene zum bösen Spiel machen. Die Kinder haben ihn natürlich sofort ins Herz geschlossen. Er ist sehr possierlich, und sein roter Schwanz sieht prächtig aus.»

«Erinnerst du dich noch an die vielen grünen Papageien mit ihren langen Schwänzen in Indien? Das gab einen Lärm, wenn sie sich in der Nähe auf einem Baum niederliessen! Ach, waren das herrliche Zeiten! Aber lassen wir das. Reich mir doch noch meine Medizin, Marie. Der Arzt hat mir eine neue, homöopathische Mischung mit Arsenik und Helleborus gegen meine Wassersucht verschrieben.»

«Schon wieder ein neues Mittel? Du hast doch schon so viele ausprobiert. Hoffentlich hilft es diesmal.»

«Nun ja, man klammert sich an jeden Strohhalm.»

Zwischen Weihnachten und Neujahr vergnügten sich die elfjährige Marulla und der jüngere Bruder Hans mit Schlitteln und Spielen im Schnee, denn der Winter hatte das Nagoldtal fest im Griff. Temperaturen bis zu minus zwanzig Grad wurden gemessen. Adele stand dabei und sah ihren Geschwistern zu. Sie fror schrecklich. Sie spürte ihre Füsse kaum mehr. Doch für eine Fünfzehnjährige geziemte es sich nicht mehr, im Schnee herumzutollen, man betrug sich nun gesittet, damit der Rock nicht über die Knöchel rutschen konnte oder noch Schlimmeres.

«Jetzt hat Papa tatsächlich den Doktor gefragt, ob er nicht auch der Ansicht sei, das neue Jahr sei nun sein letztes auf Erden», berichtete Marie ziemlich aufgebracht, als sie vom Besuch bei ihrem Vater zurückkehrte. Sie rieb die eiskalten, roten Hände aneinander, um sich aufzuwärmen. «Papa ist nun überzeugt, dass es so kommt, der Doktor habe es ihm versprochen.»

Johannes blickte erstaunt von seinem Buch auf und legte die Fingerspitze an die Stelle, bei der er gerade angekommen war.

«Der Mensch denkt und Gott lenkt», gab er ziemlich unberührt zur Antwort.

«Papa wird jetzt siebenundsiebzig Jahre alt, und es ist nicht von der Hand zu weisen, dass es ihm körperlich nicht mehr gut geht. Die Wassersucht bereitet ihm Beschwerden. Die aufgeschwollenen Beine und Füsse machen das Gehen zur Qual, er kann keinen Schritt tun, ohne dass ihn jemand stützt. Trotzdem will er unabhängig sein und keinesfalls pflegebedürftig werden. Wenn ich daran denke, was er in Indien geleistet hat …»

«Das kann ich gut verstehen. Doch wenn ich ihn besuche, merke ich, dass er seine triste Lage mit einer gehörigen Prise Humor hinnimmt.»

«Ja, diese heitere Seite hilft auch mir. Abgesehen davon geht er immer noch jeden Tag zwei Stunden in sein Studierzimmer, raucht seine Zigarre und interessiert sich für alles, für Literatur, für Musik und was in der Kirche vor sich geht. Im Moment sind es die verfolgten Lutheraner in Russland, die ihn beschäftigen. Er versteht nicht, warum man nicht von allen evangelischen Kanzeln herab für sie betet.»

«Viele tun es», antwortete Johannes zerstreut und begann wieder in seinem Buch zu lesen. Marie stand einen Moment unschlüssig da, dann entschied sie sich, das Gespräch auf später zu verschieben. Johannes hatte offensichtlich eine interessante Lektüre. Während sie das Zimmer verliess, hörte sie Adele und Marulla zusammen musizieren. Sie blieb einen Moment stehen und summte leise mit. Es war eine Arie aus der Johannes-Passion von Bach: *Ich folge Dir gleichfalls mit freudigen Schritten.* Beschwingt setzte sie ihren Weg fort. Die Musik half immer auf wunderbare Weise, ihre Sorgen zu vertreiben.

Im Sommer kam Johannes mit einem Brief in der Hand ins Haus gestürmt, vertauschte rasch den Gehrock mit seiner schwarzen Hausjacke, wechselte die Schuhe und suchte nach Marie.

«Marie, unser Hermann hat das Landexamen in Stuttgart ausgezeichnet bestanden!», verkündete er stolz und strahlte über das ganze Gesicht.

Maries dunkle Augen blitzten. Sie strich ihre Schürze glatt, um sich etwas zu beruhigen.

«Du kannst dir nicht vorstellen, wie erleichtert ich bin und wie ich mich freue.»

«Ich wusste, es steckt viel in ihm, obwohl er immer ein schwieriges Kind war. Hermanns berufliche Laufbahn ist nun gesichert, er kann Theologie studieren, und wer weiss, vielleicht wird er sogar Missionar.»

«Mit seiner zarten Gesundheit? Das bezweifle ich. Abgesehen davon hat er mir anvertraut, er wolle Dichter werden.»

Johannes verwarf die Hände und strich sich die Haare aus der Stirn.

«Dichter? Da bekomme ich gleich Kopfschmerzen. Wie kommt er denn auf diesen absurden Gedanken?»

«Seit er ein Gedicht von Uhland gelesen hat.»

«Zu Hirsau in den Trümmern, da wiegt ein Ulmenbaum …», zitierte Johannes, «alle Schüler lernen dieses Gedicht in der Schule, liegt doch das Kloster Hirsau in unserem Tal. Aber deswegen muss Hermann doch nicht gleich solche Pläne haben. Natürlich ist Uhland ein grosser Dichter und kann unserem Sohn als leuchtendes Beispiel dienen. Ich denke, ich werde ihn noch mit Goethe vertraut machen. Dann kann er später, so wie du und Vater, nebenbei Gedichte verfassen. Talent zum Schreiben hat er, aber ein Berufsziel ist es gewiss nicht.»

«Mit dreizehn hat man noch Träume», antwortete Marie gelassen.

«Man muss sie ihm ausreden! Bei Hermann weiss man nie, in was er sich verrennt. Sein Eigensinn hat ihm schon manchen Streich gespielt. Er soll sich auf Maulbronn konzentrieren und auf nichts anderes. Und ich muss sofort sein Bürgerrecht ändern. Er ist jetzt mit seinem guten Abschneiden berechtigt, im theologischen Seminar Maulbronn auf Staatskosten ausgebildet zu werden und danach kostenlos Theologie zu studieren. Um dieses Stipendium zu bekommen, muss er aber die württembergische Staatszugehörigkeit besitzen. Wir sind ja immer noch Basler Bürger.»

«Hermann muss Württemberger werden?»

«Und wenn schon, er spricht ja schon lange nicht mehr Baseldeutsch.»

Vater Gundert freute sich über das gute Abschneiden seines Enkels und schrieb stolz in sein Tagebuch, dass sich der vierzehnjährige Hermann als Thema für den Prüfungsaufsatz *Die Bedeutung von Moltkes Zigarre für den Sieg der Preußen über die Österreicher in der Schlacht bei Königgrätz* gewählt hatte. Schmunzelnd zündete er sich eine Zigarre an.

In Calw war man ebenfalls stolz darauf, einen Schüler grossgezogen zu haben, der zu den Auserkorenen gehörte und auf Staatskosten studieren durfte, der Rektor der Schule, der Lehrer und der Pfarrer ganz besonders. Sie bemühten sich, Hermann noch während seiner Ferien auf das theologische Seminar in Maulbronn vorzubereiten. Marie sah es mit wachsender Besorgnis. Während sie Johannes Kaffee einschenkte, versuchte sie, ihm ihre Gedanken darzulegen.

«Hermann sollte sich nun ausruhen und neue Kräfte sammeln, im Wald spazieren oder angeln gehen. Früher ist er in seiner freien Zeit immer herumgetobt. Stattdessen muss er weiterlernen. Ist das wirklich nötig, Johnny?»

Johannes blickte sie erstaunt an.

«Du hast immer Angst um seine Gesundheit! Es ist doch sehr freundlich, dass der Rektor, der Pfarrer und der Lehrer ihn mit der Sprache des Alten Testaments und mit Algebra auf das Seminar vorbereiten. Wir sind ihnen allen zu Dank verpflichtet. Hermann darf sich nicht zu sehr auf seinen Lorbeeren ausruhen. Im Seminar wird er ausschliesslich begabte Kameraden vorfinden. Und ist es nicht schön zu sehen, wie er das Strolchen und Spielen fast von selbst abgelegt hat?»

Marie schwieg. Sie betrachtete bekümmert das bleiche Gesicht von Hermann und dachte zurück an ihre eigene Kindheit. Wie gerne hatte sie sich damals in Basel im kleinen Wäldchen beim Margarethenkirchlein aufgehalten, sich aufs grüne Moos gesetzt, träumend durch die Wipfel in den blauen Himmel geblinzelt und Gedichte verfasst. Ruhe, Sonne und Luft würden ihrem Buben guttun, davon war sie überzeugt. Als Frau hatte sie jedoch nichts zu melden, denn von Schule und Ausbildung verstanden Rektor, Lehrer und Pfarrer viel mehr.

Maries Worte bewirkten jedoch, dass sich Johannes mit seinem Sohn Hermann auf eine kleine Wanderung begab. Es duftete herrlich nach Tannenharz und Heidelbeeren, Schmetterlinge flogen über Waldlichtungen, sogar ein Reh schreckten sie auf. Es war schon dunkel, als sie wieder nach Hause zurückkehrten.

«Wir sind in der Dämmerung noch auf einen bewaldeten Hügel gestiegen. Oben angekommen, betrachteten wir die stille Landschaft, welche sich im zarten Mondlicht vor uns ausbreitete», berichtete Johannes begeistert, während er seine schmutzigen Schuhe auszog, «wir sassen schweigend nebeneinander, die fast magische Stimmung liess uns verstummen. Dann habe ich Goethes Gedicht deklamiert, es passte ganz wunderbar: *Über allen Gipfeln ist Ruh.»*

Marie spürte, dass Johannes mit seinem Buben einen besonderen Moment erlebt hatte, und freute sich. Meist hatte Hermann seine liebe Mühe mit der klaren, streng religiösen Disziplin seines Vaters, sie rief bei ihm stets Widerspruch hervor. Die vielen Strafen und Züchtigungen trugen auch nicht dazu bei, dass sie sich besser verstanden. Aber Goethes Worte in der vom Mond beschienenen Landschaft mussten auf den sensiblen Hermann gewirkt haben, davon war Marie überzeugt und es wärmte ihr das Herz. *«Über allen Gipfeln ist Ruh …»,* murmelte sie vor sich hin. Auch sie liebte dieses Gedicht.

In den kommenden Monaten sollte sie noch oft an diesen ruhigen Moment der Eintracht denken.

10. Kapitel
Calw 1892

Marie lief aufgeregt an der reizenden Brückenkapelle vorbei und blickte nur kurz in den grün schimmernden Fluss und das Lichterspiel auf dem Wasser. Marie musste sich beeilen, denn die zwölfjährige Marulla lag schwer krank im Bett. Immerhin schien sie auf dem Weg der Besserung zu sein. Die Magd sorgte für sie, während Marie unterwegs war, um etwas Ordnung in ihre Gedanken zu bringen.

Während sie weiterlief, versuchte sie verzweifelt, eine Erklärung zu finden – vergeblich. Wie hatte es mit Hermann nur so weit kommen können?

Seit der Vierzehnjährige nach Maulbronn abgereist war, hatte er in seinen Briefen stets getreulich von allem berichtet, vom grossartigen Klosterbau, der Brunnenkapelle, dem Schlafsaal, den neuen Kameraden, dem Unterricht. Marie liess die vergangenen Monate Revue passieren und fand nichts, was auf irgendeine Unstimmigkeit hätte schliessen lassen. Sie fand keinerlei Hinweis auf irgendetwas, das sie hätte warnen sollen. Nichts. War sie zu beschäftigt gewesen, um zu bemerken, dass mit Hermann etwas nicht stimmte? Welche Pflichten hatten sie denn in den letzten Wochen ausgefüllt?

Da waren die harten, schneereichen Wintertage gewesen, welche die Hausarbeit deutlich mühsamer machten. Und natürlich der Geburtstag von Vater Gundert. Am 4. Februar hatten sie alle seinen achtundsiebzigsten Geburtstag gefeiert. Die vielen Kinder, Enkel und Urenkel sangen ihm einige Choräle, und Marie hatte zusammen mit Cousine Jettle für das leibliche Wohl gesorgt.

Sonst hatte es die üblichen Alltagssorgen gegeben, Johannes lag einige Tage mit Kopfschmerzen im Bett, die Kinder waren erkältet, Vater Gunderts Pflege kam dazu sowie ihre Korrekturen an einer Konkordanz der Bibel, eine Arbeit, der sie sich mit grosser Begeisterung widmete, musste sie doch jede Bibelstelle nachschlagen und prüfen. Hin und wieder war ein Brief von Hermann gekommen. Stets hatte er vom Leben in Maulbronn berichtet – war irgendwo eine Andeutung gewesen, dass ihn etwas Schwerwiegendes belastete? Natürlich teilte man den Eltern nur erfreuliche Dinge mit, das hatte sie genauso gemacht, als sie den Eltern aus Basel nach Indien geschrieben hatte. Aber irgendeine Andeutung hätte es doch geben müssen!

Die letzten Tage war sie fast ununterbrochen am Krankenbett der zwölfjährigen Marulla gesessen und hatte um das Kind gezittert. Es fieberte stark und sein bellender Husten erschreckte Marie jedes Mal, dazu waren Bauch- und Gliederschmerzen gekommen. Marie hatte an eine Grippe gedacht, der Arzt hingegen meinte, es könne Diphterie sein. Zutiefst besorgt legte sie das kranke Kind sofort ins Gastzimmer und liess die anderen nicht mehr in die Nähe. Hochansteckend sei es, vor allem für Kinder, hatte der Arzt gesagt.

Am folgenden Tag klingelte es. Ein Knabe meldete, Hans habe Arrest und komme nicht zum Mittagessen. Er habe sein Lied nicht gekonnt. Darauf fing Marulla verzweifelt an zu weinen und wollte unbedingt, dass Hans zu ihr käme. Johannes holte ihn schliesslich nach Hause, damit sich das schwer kranke Mädchen nicht noch mehr aufregte. Marie war dauernd damit beschäftigt, Essigwickel zu machen, um das Fieber zu senken, was aber kaum gelang.

Um fünf Uhr klingelte es erneut und der Postmann rief: «Ein Telegramm!» Erschrocken eilte sie zur Tür. Das konnte aus Weissenstein sein, Vater Hesse war immerhin schon neunzig Jahre alt. Vielleicht stand es schlecht um ihn? Doch Marie las den Absender: Maulbronn! Sie riss das Telegramm eilig auf und traute ihren Augen nicht. Da stand in schwungvoller Schrift: «Hermann fehlt seit zwei Uhr. Bitte um etwaige Auskunft.» Fassungslos sank sie auf einen Stuhl.

Adele trat zu ihr und fragte erschrocken: «Was ist denn los?»

«Hermann ist weg – einfach fortgelaufen! Geh, bring das Telegramm deinem Vater.» Auch Marulla hatte es gehört und begann wieder zu weinen. Was für ein Tag!

«Das ist doch nicht möglich», rief Johannes, während er mit dem Telegramm in der Hand zu Marie eilte, «was ist denn da passiert?»

Sie zuckte ratlos und verzweifelt mit den Schultern, während sie Marulla die fiebrige Hand hielt. Am liebsten hätte sie auch geweint, aber sie riss sich zusammen.

«Was können wir nur tun, Johnny?»

«Ich werde zurücktelegrafieren, dass wir nichts wissen, und sie sollen uns auf dem Laufenden halten, eine Beruhigung telegrafieren.»

Die folgenden Stunden verbrachten sie abwechselnd bei den Kindern und bei Marulla, beteten zusammen und machten sich unendliche Sorgen. Marulla begann immer wieder zu weinen, ihr Fieber stieg, Marie hielt ihre Hände und versuchte, sie zu beruhigen, dabei war sie selbst fast nicht mehr bei Sinnen vor Angst und Sorge. Abends um neun Uhr kam das nächste Telegramm: «Alle Schritte getan, bis jetzt ohne Erfolg.»

«Es ist doch schon lange dunkel und kalt, und unser Hermann irrt irgendwo im Freien herum …», fing die siebzehnjährige Adele weinerlich an. Sie hatte sich bis anhin still verhalten, jetzt aber schien sie mit ihrer Angst nicht mehr fertig zu werden.

Marie liess sie nicht ausreden.

«Ihr geht jetzt alle zu Bett, wie es sich schon längst gehört hätte. Betet für Hermann, dass ihm nichts passiert, und schlaft schön. Ihr helft am meisten, wenn ihr nicht auch noch krank werdet.»

Es war eine lange, furchtbare Nacht. Marie hatte Angst um das fiebernde Kind und ihre Gedanken weilten gleichzeitig bei Hermann. Sie machte sich unaufhörlich Sorgen. Tausend Fragen quälten sie. Was hatte er wohl ausgefressen, dass er geflohen war? Wo nur war er hingelaufen? Wo verbrachte er die kalte Nacht? Wenn er nur nicht in einem der vielen Seen rund um das Kloster … sie konnte den Satz nicht zu Ende denken. Gleichzeitig erschrak sie darüber, dass sie sich wünschte, er würde eher umgekommen als in Sünd und Schande gefallen sein.

Bis zum Morgen wälzte und wendete sie alle Möglichkeiten und Gefahren in ihren Gedanken. Sie hielt Marullas Hand, wechselte im trüben Schein einer Petroleumlampe von Zeit zu Zeit die Essigwickel und hoffte, die Nacht würde bald ein Ende nehmen. Wenn sie nur zu Hermann reisen könnte! Doch das kranke Kind durfte sie nicht alleine lassen, seine Fieberträume erschreckten sie, sie musste bei ihm sein. Auch Johannes konnte nicht hinfahren, rasende Kopfschmerzen peinigten ihn. Marie eilte in sein Schlafzimmer und blickte ratlos auf ihn, wie er auf seinem eisernen Feldbett lag mit einem nassen Tuch auf der Stirn. Neben dem Bett standen die braunen Pantoffeln, sein Taschentuch lag auf dem Nachttisch, und es roch nach Kölnisch Wasser. Johannes war nicht fähig, aufzustehen und nach Maulbronn zu reisen. Aber vielleicht ihr Bruder Friedrich? Eilig sandte sie ihm eine Nachricht.

Nachmittags um ein Uhr endlich folgte das erlösende Telegramm: «Hermann wohlbehalten zurück.» Marie sank erleichtert auf einen Stuhl und liess nun den Tränen freien Lauf.

«Gott sei Lob und Dank», murmelte Johannes, der ebenfalls eine schlaflose Nacht hinter sich hatte. Sehnlichst warteten sie nun auf Maries Bruder Friedrich, der ihnen Näheres berichten konnte.

Sie liessen ihn kaum Platz nehmen.

«Erzähl bitte! Was ist geschehen?»

«Hermann ist von selbst wieder zurückgekommen, das heisst, ein Gendarm hat ihn aufgegriffen. Als er Hermann fragte, wo er hinwolle, habe er gesagt nach Maulbronn. Der Landjäger reagierte sehr klug und antwortete, dann gehen wir zusammen. Er hat in der nächsten Ortschaft sofort nach Maulbronn telegrafiert, dass er den Ausreisser gefunden habe.»

«Aber wo hat Hermann die kalte Nacht verbracht?»

«Auf freiem Feld! Er hatte noch Strohhalme in den Kleidern. Er war ja ganz ohne Mantel und Handschuhe, ja sogar ohne Geld unterwegs. Seine Schulbücher trug er noch unter dem Arm. Es war ganz klar eine Kurzschlusshandlung, er hat wohl aus irgendeinem Grund den Rappel gekriegt.»

Marie schwieg. Eine Kurzschlusshandlung? Was aber war der Auslöser gewesen? Ein Erlebnis mit einem Freund oder einem Lehrer? Sie würde es wohl nie erfahren. Sie kannte Hermann, er konnte sehr verschlossen sein.

«Noch vor zwei Wochen hat er in einem Brief geschrieben: ‹Ich bin froh, vergnügt, zufrieden!› Und jetzt läuft er plötzlich weg. Da stimmt doch etwas nicht. Vermutlich ist etwas vorgefallen.»

Friedrich zuckte die Achseln.

«Niemand konnte mir diese Frage beantworten. Hermann hat nur darum gebeten, nicht mehr in die Geigenstunde gehen zu müssen.»

Marie blickte aufmerksam hoch.

«Ärger mit dem Geigenlehrer?»

«Das wird sich alles klären. Doch wo ist er jetzt?», fragte Johannes, immer noch sehr besorgt.

«Fürs Erste bekam er zur Strafe acht Stunden Karzer!»

Marie lachte trocken.

«Das wird nicht viel bringen. Ich kenne ihn, er wird sich zu beschäftigen wissen. Mir hat er schon als kleines Kind gesagt, als ich ihn zur Strafe ins Zimmer einsperrte: ‹Das nutzt euch nichts, ich kann zum Fenster hinaussehen und mich unterhalten.›»

«Lass diese Erinnerungen, das bringt uns nicht weiter», beschied Johannes kurz. «Hermann muss sich nun doppelt anstrengen, denn man wird ihn sicher mit Misstrauen beobachten und sehen, wie er sich in Zukunft aufführt.»

«Wir müssen froh sein, wenn man ihn überhaupt in Maulbronn behält. Ein Vater hat seinem Sohn bereits verboten, mit Hermann weiteren Umgang zu pflegen. Mit einem Taugenichts dürfe er nichts zu tun haben», berichtete Friedrich und war sich bewusst, was seine Worte bei den Eltern auslöste, «es tut mir leid», schloss er matt.

Marie und Johannes reisten zu Hermann, sobald es Marulla besser ging. Das Gespräch mit der Seminarleitung war ernst und bedrückend. Hermann zeige keinen Willen mehr, er lebe nur noch in einer Fantasiewelt. In den Schulstunden sei er zwar aufmerksam, aber daneben arbeite er gar nichts, sondern dichte nur.

«Was habe ich gesagt?», wandte sich Johannes an Marie. «Er verrennt sich wieder einmal in etwas. Er dichtet!»

«Ja, überschwängliche, überspannte Gedichte! Er wolle Dichter werden und sonst gar nichts, hat er mir kürzlich erklärt», berichtete einer der Dozenten, «wir bilden hier aber keine Dichter aus, sondern Theologen.»

Johannes nickte ernst.

«Meinen Sie nicht, das wird sich wieder legen? Oder was raten Sie, was wir tun sollen?»

«Es könnten Pubertätsschwierigkeiten sein, die sich einmal auswachsen werden. Es kann aber auch sein, dass es etwas Krankhaftes ist, eine aufkeimende Geisteskrankheit. Das ist bei intelligenten Kindern durchaus möglich. Seine Deutschaufsätze sind wirklich brillant geschrieben. Ich gebe ihm gar keine Noten mehr dafür, er ist überragend, verglichen mit den andern. Aber sonst … Er führt sich sonderbar auf. Kürzlich hat er seinem Bettnachbarn erklärt, er werde ihn umbringen müssen, sein heisser Kopf zerspringe fast.»

«Umbringen?», Marie flüsterte nur noch.

«Ja, er ging sogar auf ihn los. Aber ohne Waffe, sodass er zu Boden gestossen wurde. Ich denke, ärztliche Beobachtung ist dringend nötig. Nehmen Sie ihn ein halbes Jahr aus dem Seminar und bringen Sie ihn zu einer fachmännischen Person – ich würde Pfarrer Blumhardt in Bad Boll empfehlen –, dann sehen wir weiter.»

«Gut. Vielleicht kann man dort etwas herausfinden und helfen», meinte Johannes zögernd.

Unterstützt von Theo brachte Marie den bleichen, schweigenden Hermann nach Bad Boll. Einige Zeit schien es in diesem Erweckungs- und Heilungszentrum der Herrnhuter Brüdergemeine gut zu laufen. «Arbeit mit den Händen ist Balsam für die Seele», war dort die Devise, abgesehen von intensiven Gesprächen, bei denen man gegen alles Teuflische im Menschen vorzugehen versuchte.

Maries drückende Anspannungen liessen etwas nach. Die Stimmung im Haus begann sich aufzulockern. Auch Vater Gundert versuchte Marie aufzuheitern und die Untat ihres Buben als «Genie-Reisle» einzustufen. Er hatte nicht vergessen, dass er selbst während seiner Jugendjahre einige Sturm- und Drangzeiten durchlebt hatte. Er erinnerte sich daran, dass er sich schliesslich dem Elternhaus gefügt hatte, weil er eine Bekehrung erleben durfte, die ihn in den Schoss der pietistischen Familie zurückbrachte.

«Mach dir nicht zu viele Sorgen, Marie. Ich kann mich noch erinnern, wie ich damals Dichter werden wollte, wenn ich ein wunderbares Gedicht las, gleich danach wollte ich sein wie Napoleon, wenn ich mich in die Völkergeschichte vertiefte, oder Geschichtsforscher, wenn ich mich mit Geschichte befasste.»

«Hermann will schon lange nichts anderes als Dichter werden.»

«Glaub mir, das sind die wilden Stürme der Jünglingsjahre, die Zeit der Ideale und der verzweifelten Sehnsuchtsgedanken. Hermann lockt die Ferne, die Freiheit, und er meint wahrscheinlich, für immer hinter die Klostermauern von Maulbronn verbannt zu sein. Er wird bald merken, dass das erstrebte Glück nirgends zu greifen ist, sondern dass man es sich erarbeiten muss.»

«Ich bin wie vernichtet. Ich denke nur noch: Was treibt Hermann jetzt? Und zittere bei jedem Brief, ob er wieder etwas angestellt hat oder Schlimmeres. Meine Nerven liegen blank. Was soll nur aus ihm werden?»

Vater Gundert tätschelte beruhigend Maries Arm.

«Ein Jegliches hat seine Zeit, heisst es schon in der Bibel. Du musst viel Geduld und Gottvertrauen haben; du wirst sehen, alles wird gut werden.»

Gleich am Tag nach diesem Gespräch erhielten sie einen weiteren alarmierenden Brief. Während Marie ihn las, sank sie auf einen Stuhl.

«Hermann hat versucht, sich das Leben zu nehmen», flüsterte sie am Boden zerstört und bedeckte verzweifelt die Augen mit der Hand.

Adele, Marulla und Hans standen um sie herum und starrten sie entsetzt an. Aufgeregt befestigte Marie mit einer Haarnadel eine Haarsträhne und überlegte dabei fieberhaft, was sie den Kindern Tröstendes sagen könnte. Nicht einmal ein passendes Bibelwort fiel ihr ein. Wie sollte sie ihren Kindern erklären, was sie selbst nicht einzuordnen vermochte? Nie hätte sie gedacht, einmal in eine solche Situation zu geraten.

«Ich werde sofort zu ihm reisen. Wo sind mein Hut und die Handschuhe? Ihr bleibt brav hier und betet für Hermann», war das Einzige, was ihr einfiel.

Sie machte sich sofort auf den Weg. Drei Kinder hatte sie durch den Tod verloren. Damals hatte sie gedacht, etwas Traurigeres könne ihr nicht widerfahren. Nun wusste sie, dass es noch Schlimmeres geben konnte: der Selbstmordversuch eines Kindes! Aber Hermann lebte, das musste sie sich stets vor Augen halten.

Sie fand ihn verstört in einem engen Raum, wie einen Gefangenen gehalten. Er begrüsste sie nicht! Sie versuchte es mit begütigenden Worten, mit Bibelversen und mit Erzählungen aus der Kinderzeit. Zu gerne hätte sie Hermann in die Arme genommen oder ihm wenigstens die wirren Haare aus seinem Gesicht gestrichen, sie wagte aber nicht, ihn zu berühren, denn sie wusste, dass er körperliche Nähe von jeher gemieden hatte.

Es waren qualvolle Stunden, Marie konnte kaum atmen. Es war doch ihr Hermann, ihr Bub! Auch wenn er schon immer dumme Streiche gemacht hatte, blieb er trotzdem ihr Kind, das sie innig liebte. Was nur hatte sie falsch gemacht? Wie konnte sie wieder an ihn herankommen? Wie ein Fremder sass er auf seinem Stuhl und rührte sich nicht.

Vom Leiter, Pfarrer Blumhardt, und dem Oberamtsarzt erhielt sie keinen Trost. Man sprach von Bosheit, ja sogar von Teufelei und natürlich von falscher Erziehung. Man hätte ihm klare Leitlinien setzen müssen. Marie schluckte und entgegnete nichts. Schlechte Erziehung? Sie machte sich schon genug Vorwürfe deswegen. Dabei hatten sie sich immer bemüht.

Vielleicht war der Anstoss zum Selbstmord aber auch an einer anderen Stelle zu suchen. Offensichtlich hatte sich Hermann unglücklich verliebt, jedenfalls deutete Blumhardt etwas in der Richtung an. Es sei eine junge Frau namens Elise, sieben Jahre älter als Hermann, welche aber nichts von ihm wissen wolle. Marie erinnerte sich an ihre Jugendliebe und ihre Verzweiflung, als der Vater ihr diese Verbindung verboten hatte. Damals hatte sie auch keinen Sinn mehr in ihrem Leben gesehen.

«… und ich empfehle Ihnen, ihn nach Stetten zu bringen», hörte sie aus ihren Gedanken heraus den Oberamtsarzt sprechen.

«Stetten?», fragte sie hilflos.

«Ja, eine *Heilanstalt für Schwachsinnige und Epileptische.* Man wird Ihren Sohn hoffentlich aufnehmen. Ich schlage vor, Sie reisen sofort mit ihm dorthin und bitten um seine Aufnahme.»

«In eine Irrenanstalt? Zusammen mit Schwachsinnigen, das kann nicht gut herauskommen. Hermann ist doch erst fünfzehn!», wandte sie entsetzt und hilflos ein, doch ihre Bedenken wurden gar nicht zur Kenntnis genommen.

«Es kostet natürlich einiges, aber es geschieht zu seinem Besten.»

Johannes brachte ihn hin. Als er von Stetten zurückkam, wirkte er geknickt und verzweifelt.

«Man ist überzeugt, dass es sich um die Symptome einer angehenden Geisteskrankheit handelt. Seine ständigen Kopfschmerzen würden darauf hindeuten, meinten sie. Es fruchtete nichts, dass ich ihnen erklärte, dass auch ich seit meiner Jugendjahre unter Kopfschmerzen und Depressionen leide und dass es wohl ein Familienübel sei. Die Diagnose lautet: Fühlt sich zu Grossem berufen und leidet an hybridem Selbstwertgefühl.»

«Weil er Dichter werden will?», fragte Marie erstaunt.

«Ich weiss nicht, was sie damit meinen. Auf jeden Fall hat man mir erklärt, Hermann anerkenne keine Autoritäten, verweigere seine Mitarbeit, wenn ihm die Handlung sinnlos scheine, und er reagiere auch nicht auf Disziplinierungsversuche. Einen hohen Intelligenzgrad hat man ihm auch zugestanden, aber was nützt das, wenn er sich nicht einfügen kann?»

«Was hätten wir denn besser machen sollen in der Erziehung? Ich erinnere mich gut, dass er bei jedem Satz, der mit ‹Du sollst …› anfing, sofort blockierte.»

«Man liess durchblicken, er habe auch eine grosse Abneigung gegen mich.»

«Das kommt doch vor, dass ein Junge sich manchmal gegen seinen Vater auflehnt, um erwachsen zu werden.»

«Meinst du? Ich hoffe es. Jetzt beschäftigt man Hermann mit Gartenarbeiten, das soll ihm guttun. Ob es ihn allerdings ändern wird, bezweifle ich. Er versteht überhaupt nicht, warum ich ihn nach Stetten gebracht habe. Er hat mir kurzerhand erklärt, er werde sich nicht fügen und nicht gehorchen.»

Anfang August, nach zwei Monaten Anstalt, versuchte man, Hermann wieder daheim einzugliedern. Aber es gelang leider nicht. Schweigend sass er bei ihnen am Tisch oder lag auf seinem Bett. Wenn er überhaupt etwas sagte, bekamen sie nur Vorwürfe zu hören. Marie versuchte zwischen Vater und Sohn zu vermitteln, ohne Erfolg. Die Vorstellungen über die Zukunft und auch über das, was von Hermann erwartet wurde, boten unendlichen Zündstoff. Hermann drohte wiederholt mit Selbstmord. Marie kam aus der Angst nicht mehr heraus.

«Du musst zurück in die Anstalt, so geht das einfach nicht», rief Johannes laut, er, der sonst selten mit erhobener Stimme sprach.

«Ich werde nie so werden, wie du es von mir erwartest. Ich bin keine Maschine, die man einfach aufzuziehen braucht», entgegnete Hermann scharf.

Marie rang verzweifelt die Hände.

«Ich kenne dich überhaupt nicht mehr, Hermann – und ich habe Angst um dich. Man kann leider gar nicht mit dir reden, du reagierst sofort mit heftigen Worten und Vorwürfen. Wir wollen dich doch nicht verlieren. Ich sehe auch keinen andern Ausweg, als dich wieder in Stetten einzuliefern.»

Schweren Herzens brachten sie Hermann wieder in die Irrenanstalt. Er wehrte sich vergeblich dagegen.

Kurze Zeit später kam ein Brief von ihm, der Marie und Johannes fast verzweifeln liess. Johannes las fassungslos die vielen Vorwürfe.

«Ach, Marie, ich kann nicht glauben, was er schreibt. Er redet mich mit *Sehr geehrter Herr* an und findet, ich sei nicht ein Vater, den er lieben könne, ich hätte ihm die Freude am Leben genommen! Er meint: ‹*... wenn ich Pietist und nicht Mensch wäre, wenn ich jede Eigenschaft und Neigung an mir ins Gegenteil verkehrte, könnte ich mit Ihnen harmonieren.*›» Johannes konnte nicht mehr weiterlesen. Es brach ihm fast das Herz. Er hatte seinen Sohn doch geliebt, ja, er liebte ihn immer noch. Warum konnte Hermann nicht verstehen, dass zur Erziehung auch Widerstand gehörte, dass er als Vater verpflichtet war, ihn zu einem wertvollen Mitglied der christlichen Gesellschaft zu erziehen? Und nun bat ihn Hermann um sieben Mark oder gleich um einen Revolver!

«Er schreibt, dass er sich das Leben nehmen wolle, und daran sei auch ich schuld.»

«Wir haben doch unser Bestes gegeben», meinte Marie fast tonlos.

«Ich versuche immer noch, ihn irgendwie zu verstehen. Ich glaube, die Schwierigkeiten von Hermann liegen darin, dass er sich in seinem Reden und Handeln ausschliesslich von seinen Lust- und Unlustgefühlen leiten lässt, und nicht von sittlichen Gesichtspunkten.»

«Vielleicht hängt es doch mit der Pubertät zusammen. Mit Karl hatten wir auch Mühe, dabei hatte er immer einen stillen, freundlichen Charakter. Und auch ich war in dem Alter nicht gut auf meinen Vater zu sprechen, weil er andere Ansichten vertrat, als ich sie mir wünschte. Er wollte unbedingt …», sie unterbrach sich. Es war nicht der Moment, um von ihrer Jugendliebe zu erzählen.

Johannes sass geknickt da und rieb sich die Stirn. Seine Kopfschmerzen meldeten sich.

«Hoffentlich kann man in Stetten etwas ändern. Es muss doch einen Weg geben, damit Hermann sein Leben wieder selbst in die Hand nehmen kann.» Er fuhr sich aufgeregt durch die Haare. Sie waren deutlich grau geworden in den letzten Monaten.

Marie hob den Kopf und ihre dunklen Augen wirkten fast schwarz.

«Ich glaube, Johnny, wir sollten uns an Paul Gerhardts Verse halten: *Befiehl du deine Wege …*»

Johannes blickte auf. Die Trauer in seinen hellblauen Augen war weggewischt, und es schien, als ob eine Last von seinen Schultern genommen würde.

«Ja, Marie, an diesen Vers wollen wir uns halten. Der Vater im Himmel wird auch Wege finden, da sein Fuss gehen kann.»

Im Oktober zeichnete sich eine Lösung ab. Sie konnten Hermann nach Basel schicken. Er hatte mehrfach flehentlich darum gebeten, ihn aus der unsäglichen Atmosphäre der Irrenanstalt herauszuholen. Pfarrer Pfisterer vom Knabenhaus der Basler Mission war bereit, Hermann aufzunehmen, er könne für vier Wochen nach Basel kommen. Vielleicht würde er sich in dieser Stadt, in der er sich an seine glücklichen Kindheitsjahre erinnern konnte, etwas beruhigen?

Bald kam aus Basel ein herzerweichender Brief mit der Anrede: *Arme, liebe Mutter!* Hermann bat darin um Verzeihung. Marie las den Brief unter Tränen. Nun würde sie wieder einen Weg zu seinem Herzen finden, war sie überzeugt.

Tatsächlich gab Hermann nach diesem Aufenthalt in Basel sein Einverständnis, wieder zur Schule zu gehen. Maulbronn wurde fallen gelassen, aber wenigstens für einen Abschluss am Gymnasium in Cannstatt war er zu haben. Marie atmete auf. Seit einiger Zeit kämpfte sie mit ihrer Gesundheit, hatte Bauchschmerzen, Durchfall und litt an Erbrechen. Gastrisches Fieber diagnostizierte der Arzt. Während einer Woche durfte sie nur Fleischbrühe, Champagner und Chaudeau, einen süssen Weinschaum aus Eigelb, Zucker und Weisswein, zu sich nehmen. Doch sie wunderte sich nicht über ihr Kranksein. Die nervliche Anspannung und die permanente Angst um Hermann belasteten sie ununterbrochen.

Die folgenden Weihnachtstage verliefen friedlich. Hermann war über die Feiertage von Cannstatt nach Hause zurückgekehrt. Viel Unausgesprochenes stand im Raum, aber sie überspielten es geflissentlich. Marie stand unter andauernder Spannung, ängstlich darauf bedacht, die weihnächtliche Stimmung durch nichts in Gefahr zu bringen. Sie spürte, dass Hermann noch keineswegs über seine Krise hinweg war, sprach ihn aber nicht darauf an. Sie behandelte ihn wie ein rohes Ei, forschte in seinen Gesichtszügen nach Zeichen des Unwohlseins, kochte mit besonderer Mühe seine Lieblingsspeisen – ob er es bemerkte, wusste sie nicht.

Das Weihnachtsfest feierten sie wie immer gemeinsam im «schönen Zimmer», wie sie den grossen Saal nannten. Am Tannenbaum brannten die Kerzen, sie sangen wie jedes Jahr zuerst zwei Lieder, dann las Johannes das Kapitel der Weihnachtsgeschichte aus der Bibel vor: *Es begab sich aber zu der Zeit …* Hoch aufgerichtet stand er vor dem Tannenbaum mit einem kleinen Neuen Testament in der Hand. Er sprach die wohlvertrauten Worte mit festlicher, bewegter Stimme, während alle um den Baum standen und in die leuchtenden Kerzen blickten. Manchmal schweiften die Augen auch kurz zum Gabentisch oder zur Krippe, die in einer Ecke auf einem halbrunden Tisch liebevoll aufgestellt war, Bethlehem zwischen Felsen und Moos, ein einfacher Stall und Maria mit dem Jesuskind, Hirten und einige Schafe. Es roch nach den Wachskerzen, nach Tannenreisig und dem süssen Weihnachtsgebäck, das in den vergangenen Tagen eifrig gebacken worden war. *Und der Engel sprach zu ihnen: Fürchtet euch nicht!* Es war für Marie einer der wunderbaren Momente, in denen sie die Familie um sich haben durfte und alle gemeinsam die Geburt Christi feierten ohne irgendwelche störenden Vorkommnisse. Und Hermann stand auch bei ihnen! Es wurde ihr warm ums Herz. Sie lächelte still und dankbar in sich hinein und hoffte inständig, dass diese friedliche Stimmung anhalten und Hermann in Cannstatt seinen Schulabschluss ohne weitere Vorkommnisse beenden würde.

In den folgenden Monaten verlagerten sich Maries Sorgen auf ihren Vater. Sein Gesundheitszustand verschlechterte sich sichtbar. Marie versuchte ihn aufzumuntern, indem sic vermehrt Malayalam mit ihm redete. Sie liebte es selbst, ein wenig indisches Leben nach Calw zu bringen. Lächelnd erzählten sie sich gegenseitig ihre Erinnerungen.

Bald konnte Vater Gundert sein Bett nur noch selten verlassen, und es dauerte nicht lange, da bekam er starke Schmerzen vom Aufliegen. Mit vereinten Kräften bettete ihn Marie zusammen mit Cousine Jettle, die immer noch treu den Haushalt besorgte, auf die andere Seite.

«Es erinnert mich an den heiligen Laurentius, der auf dem Rost geröstet wurde und darum bat, man möge ihn wenden, damit auch die andere Seite geröstet werde.»

Marie schmunzelte.

«Deinen Humor möchte ich haben, Papa!»

«Manchmal denke ich, ein kurzes Martyrium ist leichter zu ertragen als ein langsames. Aber mir bleibt ja keine Wahl. Doch ich vermute, bald werde ich die grosse Reise antreten.»

«Das hast du schon letztes Jahr gesagt und gemeint, du erlebtest das Jahr 1893 nicht mehr. Nun haben wir schon April.»

Am folgenden Tag traf Marie ihren Vater sogar am Tisch sitzend, vor sich eine reife, wohlduftende Ananas, die er lächelnd verteilte. Auch die Tage danach ging es ihm ordentlich, er rauchte wieder ein wenig, obwohl er keinen Appetit mehr hatte – doch dann überkam ihn ein Fieber. Das Ende schien plötzlich nahe.

Marie benachrichtigte ihren Bruder Friedrich, auch Karl kam aus Stuttgart angereist, alle versammelten sich um das Bett. Der 23. Psalm wurde gelesen, man betete und sang Choräle. Friedrich sprach mit dem Sterbenden und meinte leise tröstend: «Wir werden dir nachkommen.»

Da lächelte der Kranke fein und antwortete auf die ihm eigene Art: «Das isch gscheit!»

Sein Atem ging immer schwerer und stossweise – bis er schliesslich friedlich einschlafen durfte. Die plötzliche Stille im Raum war fast unerträglich, alle schwiegen ergriffen und tief traurig.

«Ich glaube, es sind genau sieben Jahre seit Mutters Tod», äusserte sich Friedrich auf einmal, während sie zusammen um das Bett standen. Alle begannen zu rechnen und blickten sich danach erstaunt an.

«Kaum zu glauben, es sind genau sieben Jahre, sieben Monate und sieben Tage dazwischen!»

Dieser besondere Gedanke liess sie den Abschied irgendwie leichter ertragen.

11. Kapitel
Calw 1893

Der Hinschied von Vater Gundert bedeutete für Johannes Hesse, dass er nun offiziell seine Nachfolge im Verlagsverein antreten musste. Für die Familie hiess es gleichzeitig, wieder ins Verlagshaus umzuziehen, diesmal allerdings in die etwas helleren, besseren Zimmer des Hauses. Marie verdrängte alle schlechten Erinnerungen an frühere Zeiten und begann, die Sachen ihres Vaters zusammenzupacken und die Räume möglichst wohnlich neu einzurichten. Das Gebäude war gross und alt. Es besass lange, hallende Korridore mit kalten, roten Steinplatten belegt, zahlreiche Zimmer und Gastzimmer, einen riesigen Dachboden und einen grossen, dunklen Keller, der nach Feuchtigkeit und Kälte roch. Bis alle Dinge eingepackt und wieder am neuen Ort untergebracht waren, gab es viel zu tun. Johannes litt vermehrt an Kopfschmerzen, denn nirgends gab es mehr ein ruhiges Plätzchen. Marie musste ihre letzten Kraftreserven aufwenden, um den Umzug zu schaffen. Zudem war es für Mitte Juni ungewöhnlich heiss.

Nur wenige Tage nachdem sie sich am neuen Ort eingerichtet hatten, fühlte sich Marie elend. War es einfach die Erschöpfung nach den vergangenen schweren Tagen, den Zerreissproben mit Hermann, dem Tod des Vaters und dem strengen Umzug? Zuerst plagten sie die bekannten Nierenschmerzen. Dann musste sie sich öfters übergeben, meist kam nur noch Galle, und bald kamen Schmerzen im Knie dazu, sodass sie sich hinlegen musste. Der Arzt murmelte etwas von Venenentzündung, aber Marie ahnte, dass es mehr sein musste. War es der Beginn einer schweren Krankheit?

Von nun an war sie gezwungen, die meiste Zeit auf dem Bett oder dem Sofa zuzubringen und das stark schmerzende Bein mit Wickeln zu pflegen. Der Arzt befahl ihr, es nicht zu belasten. Trotzdem versuchte Marie immer wieder, im Haushalt mitzuhelfen, schleppte sich mühevoll von Raum zu Raum, versuchte in der Küche nach dem Rechten zu sehen und merkte gleichzeitig, dass die Schmerzen sich verschlimmerten. Monat um Monat verging, es wurde nicht besser.

«Das viele Liegen hat mich ganz geschwächt, ich kann kaum mehr gehen, Johnny.»

«Das habe ich bemerkt. Der Arzt meint, du leidest vielleicht an Knochenerweichung. Bevor wir das akzeptieren, wollen wir aber noch eine andere Meinung einholen. Man hat mir Professor Liebermeister in Tübingen empfohlen.»

Doch leider bestätigte der Arzt nicht nur die Diagnose, sondern er verordnete erst noch vollständiges Liegen während sechs Monaten.

«Ein halbes Jahr nur liegen! Und dazu täglich heiss baden, jeden Tag etwas heisser und etwas länger, bis zu einer vollen Stunde. Kannst du dir das vorstellen? Mir wachsen bestimmt noch Schwimmhäute.»

«Und Kathrin wird keine Freude haben, täglich so viel heisses Wasser zubereiten zu müssen!»

«Unsere Töchter Adele und Marulla werden unserer Magd beistehen, sie sind jetzt immerhin neunzehn und vierzehn Jahre alt. Es schadet nichts, wenn sie frühzeitig merken, wie viel Arbeit ein Haushalt mit sich bringt. Ich soll zudem noch Lebertran und ein Pulver einnehmen, und einfach immer nur liegen. Allein schon die Vorstellung schlägt mir aufs Gemüt!»

«Ich denke, es ist besser, wenn du dich fügst. Bis jetzt hast du dich immer aufgerappelt und trotz der Schmerzen noch arbeiten wollen. Aber es ging fast nicht. Das schlug dir auch auf die Stimmung, nicht wahr?»

Marie musste ihm recht geben.

Ein halbes Jahr später türmte sich viel Schnee auf den Dächern, welcher im fahlen Sonnenlicht leuchtete und glitzerte. Marie lag auf dem Bett und stellte fest, dass die sechs Monate nichts gebracht hatten. Die Schmerzen waren kein bisschen besser geworden. Sie sehnte sich nach Sonne und hoffte, möglichst viel vom hellen Schein, der durch das Fenster hereinfiel, in sich aufzunehmen. Kurz vor Weihnachten hatte der Arzt noch versucht, mit Phosphorkuren und Elektrisieren eine Besserung herbeizuführen. Marie hatte wieder einmal vergeblich Mut geschöpft.

Wie viele Mittel und Anwendungen hatte sie schon versucht! Sie war vollkommen zermürbt vom Hin und Her, dem zuversichtlich ängstlichen Hoffen bei jedem neuen Versuch und den danach folgenden herben Enttäuschungen. Stunden der Verzweiflung wechselten sich ab mit eisernem Ausharren und Gebeten.

«Du hattest recht, Johnny, seit ich mich in mein Schicksal füge, ist es besser auszuhalten», bestätigte ihm Marie, «aber trotz der schwer erduldeten sechs Monate zeigt sich keinerlei Besserung, die Schmerzen der Glieder haben eher noch zugenommen. Jeder Knochen tut mir weh.»

Johannes blickte etwas hilflos zu Marie.

«Der Herr wird es fügen», murmelte er und wusste gleichzeitig, wie oft er diesen Satz schon vorgebracht hatte. Er bewunderte Maries Geduld und hatte schon lange festgestellt, dass sie aus der Bibel viel Kraft schöpfte. Der Arzt erlaubte Marie von nun an, wieder etwas kürzer zu baden und sich auch auf das Sofa zu legen. Wenigstens bot der Zimmerwechsel etwas Zerstreuung. Unterdessen kannte Marie nämlich jede Ritze und jeden Strich der Tapete ihrer Schlafstube. Auf dem Sofa hatte sie wenigstens die Möglichkeit, einige Stunden gemeinsam mit der Familie zu verbringen.

Die Monate vergingen. Unterdessen hatten Johannes und Marie versucht, Hermann für eine Buchhändlerlehre zu begeistern, und ihn dazu gebracht, in Esslingen eine Lehrstelle anzutreten. Aber schon nach drei Tagen schmiss er alles hin. Von da an hing er zu Hause herum, las viel, wich aber jedem Gespräch über seine Zukunft aus. Maries Zustand wurde dadurch keineswegs besser. Mit schwarzen Gedanken und voll Hoffnungslosigkeit lag sie auf ihrem Bett und wusste weder ein noch aus. Bei jedem gemeinsamen Essen versuchte sie, bis aufs Äusserste angespannt, ja keine Missstimmung aufkommen zu lassen, denn Hermann reagierte heftig auf den kleinsten Vorwurf. Zur Besserung von Maries Gesundheit trugen diese Zerreissproben nicht bei.

Von November bis Mai änderte sich an diesem Zustand gar nichts. Dann endlich ein Lichtblick! Hermann zeigte Bereitschaft, eine Lehre als Turmuhrmacher anzutreten.

«Hier in Calw, bei Perrots», erklärte er, «obwohl ich keine wirkliche Begabung für Technik habe.»

Marie musterte den unterdessen Sechzehnjährigen und versuchte, das Kopfkissen zurechtzuschieben. Hermann war ein gutes Stück gewachsen, aber immer noch sehr mager.

«Eine mechanische Werkstätte für Turmuhren, das stelle ich mir interessant vor. Du wirst auf jeden Fall viel körperliche Kraft einsetzen müssen. Es heisst Eisen drehen und Draht ziehen, Schrauben machen und die verschiedenen Materialien kennenlernen …»

«… und trockenes Brot essen und Hosen zerreissen», murrte Hermann.

«Es hat noch niemandem geschadet, zu erleben, was das arbeitende Volk leistet», entgegnete Johannes und erntete einen trotzigen Blick von Hermann. Unausgesprochen war allen klar, dass er von seinem Sohn mehr erwartet hatte. Marie wusste, dass es Hermann belastete, nicht genügen zu können, und beeilte sich sofort, von ihm abzulenken.

«Hab ich dir schon von Karls Lehrer-Examen erzählt, Hermann? Das war eine verrückte Prüfungsstunde. Zuerst stürzte der Ofen ein, dann bekam ein Schüler einen epileptischen Anfall. Trotzdem hat Karl es aber irgendwie gemeistert und den Schülern die Bodengestaltung von Afrika mithilfe seines Schlapphutes erklärt, da er keine Landkarte zur Verfügung hatte.» Hermann blickte interessiert auf.

«Afrika mit einem Hut? Das hätte ich gern gesehen.»

«Ja, Hochland, Berge, Tiefland und Küste – die Experten waren davon so beeindruckt, dass er bestanden hat.»

«Und nun ist er Privatlehrer in Stuttgart?»

Marie nickte.

«Ja, es scheint ihm zu gefallen. Leider kann ich ihn nicht besuchen, die ganze Zeit hoffe ich darauf, dass es mir endlich besser geht. Doch ich werde mich wohl damit abfinden müssen, mein restliches Leben liegend zuzubringen, obwohl ich erst zweiundfünfzig Jahre alt bin.» Ihre dunklen Augen blickten trotz der traurigen Worte fast gleichgültig, sodass Hermann eine Mitleidsbezeugung zurückhielt, nur hilflos dastand und bestätigend nickte. Dann holte er tief Luft.

«Seht ihr, Karl kann eine Ausbildung als Lehrer machen. Es gibt eine Möglichkeit, Pfarrer zu werden, Arzt oder Handwerker, Kaufmann und Postbeamter, auch Maler und Architekt, für alle Berufe gibt es eine Ausbildung, nur für Dichter gibt es nichts.»

Marie blickte ihn verblüfft an.

«Das habe ich mir noch nie überlegt. Dichter zu werden, wird tatsächlich nirgends gelehrt.»

«Aber es sein zu wollen, das ist lächerlich und eine Schande und niemand will es als Beruf billigen», erwiderte Hermann heftig, «erst wenn man tot ist, wird man anerkannt.»

Johannes hatte schweigend dabei gestanden. Nun räusperte er sich.

«Ohne Erfahrung lernt man gar nichts, Hermann. Jede Ausbildung beruht darauf, Erfahrungen zu sammeln. Dichter kann man also nicht einfach sein, höchstens versuchen, es zu werden. Das war schon immer so. Doch es ist wichtig im Leben, dass man auf eigenen Füssen stehen kann. Deshalb ist es das einzig Richtige, nun eine Lehre zu beginnen. Gleichzeitig kannst du Bücher lesen von Dichtern, die es zu etwas gebracht haben, und von ihnen lernen. Und irgendeinmal, vielleicht in zehn oder zwanzig Jahren, kannst du dann von dir sagen, dass du ein Dichter seist.»

Hermann entgegnete nichts, es war aber deutlich zu sehen, dass die Worte ihre Wirkung nicht verfehlt hatten.

Auch das ganze folgende Jahr verbrachte Marie im Bett oder auf dem Sofa, die ganzen zwölf Monate lang. Nur mit fremder Hilfe konnte sie sich vorwärtsbewegen, indem sie mühsam und mit Schmerzen ihre Füsse am Boden entlangschob. Um jede Handreichung musste sie bitten, und ihre Geduld wurde stark gefordert.

Sie erlebte mit, wie Hermann seine Lehrzeit als Turmuhrmacher mehr oder weniger interessiert absolvierte und nach einem Jahr abschloss. Während sie ihre Stunden weiterhin liegend verbrachte, überlegte sie fieberhaft, was Hermann nun anpacken könnte. Zusammen mit Johannes erwog sie einige Möglichkeiten, doch Hermann wollte nichts davon wissen.

«Ich könnte nach Brasilien auswandern, das würde mich reizen, Vater. Ich habe mich schon erkundigt, was mich dort erwartet. Ich will nun Englisch lernen. Es gibt auch ein interessantes Buch darüber, das ihr lesen könntet: Der Deutsche im brasilianischen Urwald», brachte Hermann seine Ideen zur Sprache.

«Sobald du so weit bist, dass du dir dein Brot selber verdienen kannst, ist es deine Sache, wohin du dich wenden willst.»

«Als Turmuhrmacher werde ich in Brasilien wohl kaum eine Beschäftigung finden.»

«Das denke ich auch. Doch auf meine Kosten kommst du nicht fort, du musst im fremden Land auf eigenen Füssen stehen. Du wirst zuerst etwas dazulernen müssen, da kommst du nicht darum herum.»

Hermann schaute unglücklich zu Boden. Er wollte nicht zugeben, dass die Eltern recht hatten. Er stellte fest, dass sie ihn liebten, aber streng und hart waren, vor allem der Vater, der zwar ein sanftes Wesen zeigte, aber jeweils unerbittlich seine Prinzipien durchzusetzen versuchte. Er schien auch jetzt nicht bereit, seine Idee mit Brasilien ernsthaft in Erwägung zu ziehen.

«Es sind doch nur ein paar Jahre, Hermann», versuchte Marie die Wogen zu glätten, «du bist erst siebzehn. Denk daran, wenn das neue Jahrhundert anbricht, bist du sicher so weit, dass du hinreisen kannst, wo immer du möchtest.»

Hermann schüttelte den Kopf. Was kümmerte ihn das neue Jahrhundert! Es war noch lange bis dahin. Erwachsene sahen sechs Jahre als wenig an, ihm schien es eine halbe Ewigkeit.

Die ganze Familie versuchte, Marie das ständige Liegen so abwechslungsreich wie möglich zu gestalten. Die Töchter Adele und Marulla sassen viel bei ihr, strickten und stickten zusammen oder brachten zur Unterhaltung den Käfig mit dem Papagei Polly zum Sofa. Marie redete mit ihm, fütterte ihn ein wenig und beobachtete, wie er vergnügt auf seinem Käfig herumkletterte. An sonnigen Tagen trug man Marie in den Garten. Dort lauschte sie dem Gezwitscher der Vögel und liess die warmen Sonnenstrahlen auf ihr Gesicht einwirken. Sie freute sich über jede Kleinigkeit, das langsame Öffnen der zarten, weissen Blüten am Kirschbaum, die Bienen, welche summend jede Knospe absuchten, die tanzenden Mücken, die Wolkenbilder am Himmel, alles nahm sie in sich auf. Sie stellte fest, dass man auch mit wenig einen schönen Tag verbringen konnte. Trotzdem versuchten sie weiterhin mit verschiedenen Therapien eine Besserung herbeizuführen, alles vergeblich. Das ständige Hoffen und die nachfolgenden Enttäuschungen waren schwer zu verkraften. Es gab Stunden, in denen sie fast verzweifelte und mit ihrem Schicksal haderte. Wie froh war sie, im Glauben erzogen worden zu sein, er gab ihr den Halt, den sie so dringend brauchte.

Im Sommer liess Johannes eine Veranda anbauen, damit Marie im Sessel liegen und in die Landschaft blicken konnte, ohne dass man sie mühsam die Treppe hinunter in den Garten tragen musste. Adele und Marulla zogen mit viel Gekicher Bindfäden auf der Seite der Veranda empor und pflanzten Kapuziner, die mit ihren roten Blüten in der Sonne leuchteten und stetig wuchsen. Eingerahmt von diesen bezaubernden Blumen genoss Marie nun auch den sonnigen Spätsommer, betrachtete das langsame Verblühen der Gartenblumen und das Verfärben der Blätter. Sie hörte in der Ferne die Nagoldbahn, wie sie langsam die vielen Windungen überwand, roch den Rauch der Lokomotive und schickte ihre Gedanken auf Reisen. Jedem Tag versuchte sie etwas abzugewinnen, sei es ein Abendrot mit seinen unterschiedlichen Farbtönen oder die kleinen weissen Wolken, welche sich langsam zart rot färbten, sie sah die bunten Blätter, die in der Dämmerung dunkel wurden, ausser einzelne goldgelb leuchtende Birkenblätter, und spürte schliesslich den kühlen Abendwind, der sie zwang, jemanden zu bitten, sie ins Innere des Hauses zu bringen.

Während sie an einem warmen Oktobertag in ihrem Sessel ruhte und die letzten Nebelbänke betrachtete, die sich auflösten, trat Hermann durch die dunkle Toreinfahrt, hob einige Gepäckstücke vom kleinen Handwagen, stieg damit die Treppe zum steinernen Hauseingang empor und lief zur Veranda. Er schien sehr aufgeräumt.

«Mutter, ich trete eine Lehrstelle an! Die von euch so sehr gewünschte Stelle als Buchhändler.»

«Wirklich? Ich bin unendlich erleichtert und froh, dass du dich dazu entschlossen hast. Seit du deine Lehre beim Turmuhrmacher abgeschlossen hast, hoffe ich darauf, dass du deinen Weg findest. Ich konnte es nur schwer einordnen, denn ich würde so gerne aufstehen und etwas unternehmen.»

«Ich bin nicht nur auf der faulen Haut gelegen, ich habe viel gelesen. Grossvaters Bibliothek ist unerschöpflich.»

«Siehst du, deshalb passt eine Buchhändlerlehre sicher gut zu dir.»

«Es ist ein Kompromiss. Ich will immer noch Dichter werden, doch ich denke, in einem Buchladen kann ich Anregungen finden. Dort stapelt sich ja die ganze Weltliteratur.»

«Deshalb hast du dich auf eine Anzeige gemeldet?»

«Ja, und es hat tatsächlich jemand geantwortet! Ich werde bei Heckenhauer in Tübingen eine Lehre anfangen. Ich verdiene achtzig Mark im Monat. Damit kann ich endlich mein Leben selbst bestimmen und unabhängig sein.»

Marie schickte ein Dankgebet zum Himmel. Wie oft hatte sie sich ausgemalt, während sie auf ihrem Sofa liegen musste, dass Hermann seinen Weg finden und ein erstrebenswertes Ziel vor Augen haben würde. Unabhängig sein zu wollen, das war in seinem Alter verständlich. Sie lächelte still, denn mit achtzig Mark würde er wohl nicht so rasch unabhängig, wie er es sich vorstellte. Die Wäsche würde er weiterhin nach Hause schicken müssen und das Geld fürs Haareschneiden oder Schuheflicken würden sie auch übernehmen müssen. Immerhin, es waren erste Schritte in die Selbstständigkeit. Dichter werden war eine brotlose Kunst, deshalb hatten sie ja Hermanns Lebensziel nie wirklich ernst genommen. Eine Buchhändlerlehre war jedoch standesgemäss, und vielleicht konnte er später sogar ins Verlagswesen einsteigen, so wie der Vater und der Grossvater.

«Wir werden dir noch ein möbliertes Zimmer suchen mit Mahlzeiten. Die Nachmittagsvesper erhältst du sicher bei deinem Lehrmeister.» Marie jubelte innerlich, sie fühlte sich plötzlich viel leichter. Endlich schien sich ein sinnvoller Lebensweg für Hermann abzuzeichnen, und nun hatte man in Calw auch nichts mehr über Hermann zu lästern. Niemand hatte ihr direkt ins Gesicht gesagt, was man über den missratenen Sohn dachte, doch sie wusste es auch so. In den Augen der Calwer war ein Bursche, der nicht fleissig arbeitete, ein Faulenzer und Taugenichts. Doch nun würde er nach Tübingen ziehen und eine anständige Lehre machen.

Anfang Januar beherbergten sie, wie so oft, einige Gäste aus nah und fern. Marie fühlte sich schlecht, hatte nachts Schmerzen in Rippen und Nieren, trotzdem liess sie sich in die gute Stube tragen, um mit den Gästen eine Andachtsstunde zu feiern. Ein Herr namens Elias Schrenk betete besonders auch für sie, was sie ein wenig beschämte. Erst einige Tage später erfuhr Marie, dass dieser Mann berühmt war für sein Handauflegen und schon einige Kranke geheilt habe. Sofort beschloss sie, ihn zu bitten, ob er nicht auch etwas für sie tun könne.

«Ich hatte nicht das Gefühl, dass ich um Ihre Genesung bitten sollte, als ich bei Ihnen war», meinte er und fuhr sich durch seine braunen Haare. Aus seinem markanten, schmalen Gesicht mit dem kurz geschorenen Bart blickten zwei dunkle Augen und musterten Marie intensiv.

«Ich hatte keine Ahnung von Ihren Fähigkeiten», entschuldigte sie sich.

«Nun, ich will gerne versuchen, Ihnen zu helfen. Sie müssen jedoch innerlich fest davon überzeugt sein, dass Gott Sie heilen wird, nur dann kann ich etwas für Sie tun.»

«Sie meinen wirklich, dass Gott mir nach so langer Zeit doch noch auf die Beine helfen wird?», fragte Marie zweifelnd. «Ich habe mich in den vergangenen drei Jahren in mein Schicksal gefügt, müssen Sie wissen. Mit meinen Sorgen und Ängsten, dem Hoffen und Sehnen habe ich abgeschlossen, und ich weiss nicht, ob ich das alles noch einmal durchmachen möchte.»

«Nichts ist ohne inneren Kampf zu erreichen. Doch wenn Gott Lazarus aus dem Grabe rufen konnte, weshalb soll er Ihnen nicht auch aufhelfen können? Wir werden um seine Hilfe beten.»

Marie war innerlich zerrissen.

«Ich bin ja längst bereit zu leiden, wenn es Gottes Wille ist. Wenn Sie mir zur Stärkung die Hand auflegen würden, wäre ich schon zufrieden und sehr dankbar.»

Elias Schrenk sah sie lange durchdringend an. Marie wurde ganz unsicher dabei. Wenn Gott sie tatsächlich heilen wollte – und Herr Schrenk schien überzeugt davon –, sollten da ihre Zweifel und ihr Unglaube ein Hindernis sein?

«Herr, ich will, was Du willst», drang es schliesslich aus ihrem tiefsten Herzen heraus und Herr Schrenk nickte. Sie begannen nun, zusammen zu beten. Schliesslich legte er Marie seine Hände auf, blieb einen Moment ganz still … dann sprach er laut und durchdringend: «Richte sie wieder auf! Stelle sie wieder auf die Füsse!»

Marie zitterte. Es war eine unglaublich feierliche, magische Handlung, wie sie es noch nie erlebt hatte in den unzähligen Gebetstunden, die sie ihr ganzes Leben mitgemacht hatte.

«Es scheint mir wie Pfingsten», flüsterte sie. In dieser Nacht schlief sie tief und fest, wie schon lange nicht mehr. Am nächsten Tag wiederholten sie zusammen das Händeauflegen und Beten. Marie fühlte, dass etwas mit ihr geschah, sich ungeahnte Kräfte in ihr regten. Vor lauter Aufregung konnte sie diesmal die ganze Nacht kein Auge zu tun. Sie spürte, irgendetwas war passiert. Vorsichtig bewegte sie ihre Beine. Die Schmerzen waren weg! Sie wusste nicht, wachte oder träumte sie. Schliesslich hielt sie es nicht mehr aus. Sie versuchte im dunklen Zimmer langsam aufzustehen und – tatsächlich: Die Füsse trugen sie! Jubelnd machte sie zwei Schritte, drei, vier … es war unglaublich, aber es ging. Sie konnte ihre Füsse wieder heben, nicht nur schmerzhaft vorwärtsschieben wie die letzten drei Jahre! Es war ein unbeschreibliches Glücksgefühl. Still und überwältigt legte sie sich wieder hin und begann ein inniges Dankgebet zu sprechen. «Ich kann wieder gehen. Gott sei Lob und Dank», flüsterte sie beglückt.

Von da an konnte Marie tatsächlich wieder gehen. Überschwänglich bedankte sie sich bei Elias Schrenk und zeigte stolz ihre Gehversuche, während sie vorsichtig um den Tisch marschierte.

«Nach fast drei Jahren kann ich zum ersten Mal wieder ohne Hilfe gehen! Sie können sich gar nicht vorstellen, was das für mich bedeutet. Heute ist der 15. Januar 1896, nicht wahr? Diesen Tag werde ich nie vergessen, mein ganzes Leben lang nicht.»

Die Nachricht verbreitete sich wie ein Lauffeuer. In Scharen kamen die Leute von Calw, um den Predigten von Elias Schrenk beizuwohnen. Die Kirche war so voll wie schon lange nicht mehr. Alle waren ergriffen von der Gewalt seiner Aussagen. Auch Maries Bruder Friedrich erschien noch am selben Tag bei ihr, runzelte aber misstrauisch seine Stirn und warnte vor einem Rückfall.

«Das ist doch alles nur Schwärmerei», rief er unwirsch.

Aber Marie blickte ihn mit ihren dunklen Augen herausfordernd an und führte ihm vor, wie sie sich ohne Hilfe bewegen konnte. Sie ging von einem Zimmer zum andern, sodass ihr Bruder schliesslich nur noch sprachlos den Kopf schüttelte.

Täglich übte sich Marie nun im Gehen, vorsichtig immer weitere Strecken. Sie war voller Jubel und Dank. Der Arzt jedoch riet zu grosser Vorsicht bei allen Unternehmungen. Auch er konnte seine Zweifel am Geschehen kaum verbergen. Sie solle sich unbedingt täglich einige Stunden ausruhen. Marie hielt sich daran, denn auch sie beobachtete sich stets ängstlich und staunte gleichzeitig über ihre Fortschritte. Was für ein Gefühl, wieder zum Schrank und zu den Schubladen gehen zu können, um sich etwas herauszuholen, ohne ständig um Hilfe bitten zu müssen! Vor Glück meinte sie auf einer Wolke zu schweben. Langsam konnte sie ihr altes Leben wieder aufnehmen, nur das Treppensteigen blieb beschwerlich.

Marie war glücklich, wieder selbst Gäste empfangen und umsorgen zu können. Die stets zahlreichen Fremden kamen manchmal von weit her und brachten einen exotischen Hauch mit, sei es durch ihre Kleidung oder die eigenartigen Koffer aus Leder oder Bastgeflecht. Nun konnte sie wieder ihren Pflichten als Gastgeberin nachkommen. Was für ein herrliches Gefühl!

Von Hermann erhielten sie einen erfreulich heiteren Brief aus Tübingen. Er schrieb begeistert über Maries Heilung und freute sich mit. Am liebsten wäre er gleich nach Calw gekommen, um mit eigenen Augen zu sehen, wie sie wieder gehen konnte.

«Frau Dekan Leopold scheint unsern Hermann richtig zu verwöhnen mit Butter und Wecken. Sie findet, er sei viel zu mager», meinte Marie und faltete Hermanns Brief lächelnd zusammen, nachdem sie ihn sorgfältig gelesen hatte, «aber er muss sich sein Zimmer und das gute Essen verdienen; es scheint, Frau Dekan hört nicht auf mit Reden. Sie weiss offensichtlich über die ganze Welt Bescheid. Hermann schreibt, den Tod ihres Mannes kenne er schon in allen Einzelheiten.»

Johannes schüttelte missbilligend den Kopf.

«Das wäre nichts für mich, wenn ich mir bei jedem Essen Hochzeiten, Todesfälle, Unglücksfälle und andere Probleme anhören müsste.»

«Hermann nimmt es gelassen, es erinnere ihn an eine Romanfigur von Dickens, meint er.»

«Dickens ist mir lieber als Heine», brummte Johannes. Er hatte vor einiger Zeit Heinrich Heines Werke bei Hermann entdeckt und sie sofort weggeschlossen. In seinen Augen waren sie sittenverderbend und undeutsch, und er stand nicht alleine da mit dieser Meinung.

«Sein Stübchen im Erdgeschoss scheint er behaglich eingerichtet zu haben mit einem Stehpult, Bildern von Böcklin, einigen Porträts von Nietzsche, Chopin, Mozart und Beethoven und einer Büste von Hermes, sogar drei Bilder von Adele hat er aufgehängt. Und an einer Wand baumeln verschiedene Tabakspfeifen, so richtig nach studentischer Art. Es zeigt mir, dass es ihm wichtig ist, sich wohlzufühlen. Die Zeiten, in denen ihm alles gleichgültig war, scheinen vorüber zu sein.»

«Ich bin immer wieder amüsiert, wie er die verschiedenen Leute schildert, so wie die Witwe Leopold.»

«O ja, was schreibt er noch von seinem Buchhändler, Herrn Kapp?» Marie faltete den Brief nochmals auseinander und suchte die Briefstelle. «Hier steht es: Als

Kapp gefragt wurde, ob er sich nicht auch bald in der Ehe binden lassen wolle, antwortete er: ‹Nein, ich bleibe broschiert.›»

«Köstlich!»

«Und Hermann ergänzt: Broschiert ist er allerdings und, wie es scheint, nur erst zur Hälfte aufgeschnitten.»

Sie lachten beide herzlich. Wie lange hatten sie nicht mehr gelacht, wenn von Hermann die Rede war!

«Ob er immer noch dichtet, was denkst du?», fragte Johannes skeptisch.

«Da bin ich mir ziemlich sicher. Was soll er sonst stundenlang in seinem Zimmer tun?»

«Nun, zuallererst muss er jeden Tag zehn bis elf Stunden arbeiten. Davon wird er rechtschaffen müde sein. Dann weiss ich aus seinen Briefen, dass er viel liest, er ist in seinem Buchladen ja an der Quelle. Er berichtet von Vergil, Homer und Horaz, vor allem aber von Goethe.»

«Nun ja, ich persönlich glaube, dass die Lieder und Choräle von Paul Gerhardt tausendmal mehr Gutes in der Welt ausrichten als Goethe, Schiller oder Shakespeare», meinte Marie überzeugt.

Johannes schmunzelte.

«Du darfst das nicht miteinander vergleichen, meine Liebe. Wenn Hermann später tatsächlich schreiben will, muss er sich bilden, die Klassiker lesen und die Sprache der Dichter lernen. Mit seiner Schulbildung alleine kann er das nicht. Er hat ja kein Studium absolviert.»

«Mir wäre es lieb, wenn er hin und wieder auch an die frische Luft ginge, einen Spaziergang entlang dem Neckar machen oder auf den Bergsporn zum alten Schloss steigen würde. Ich frage mich, ob er daran gedacht hat, den grauen Lodenmantel …», Marie stockte einen Moment und lachte dann zerknirscht auf, «du siehst, ich kann es nicht lassen, ihn zu bemuttern!»

Johannes nahm etwas verlegen seine Brille ab und gestand: «Mir geht es nicht besser. Ich habe ihm genaue Regeln aufgeschrieben, sozusagen zehn Gebote für Tübingen, damit er sich an Richtlinien halten kann. Es ist eine Studentenstadt, da finden viele ausgelassene Abendveranstaltungen mit Vergnügungen aller erdenklichen Art statt. Sein Geld ist er da rasch los, wenn er sich nicht zusammennimmt.»

Marie nickte. Sie war sicher, dass sie beide ihre Fürsorge sofort beschränken würden, sollte sich zeigen, dass Hermann auf eigenen Füssen stehen konnte.

«Nun wird erst einmal unser Hans konfirmiert, und danach ist im Mai die Hochzeit von Theo – wir haben gar keine Zeit, Hermann zu bemuttern, nicht wahr?», schloss Marie zuversichtlich.

Im Sommer begann auch Hans eine Lehre, er sollte Kaufmann werden. Sie hatten lange darüber beraten, welchen Beruf er ergreifen könnte. Es drängte sich nichts auf, denn seine schulischen Leistungen waren mittelmässig. Es zeigte sich aber, dass er offensichtlich ein Verkaufstalent besass.

«Marulla wird sich nun im Katharinenstift in Stuttgart zur Lehrerin ausbilden lassen, und du, Hans, wirst Kaufmann. Ausgerechnet du, der du früher solche Mühe hattest mit dem Rechnen», schmunzelte Marie.

Johannes blieb ernst.

«Du wirst wohl zuerst Ballen schleppen, Kisten zunageln und auf Leitern herumturnen müssen. Dabei hatte ich mir so gewünscht, dass wenigstens einer meiner Söhne Theologie studiert. Es soll wohl nicht sein», seufzte er.

Marie funkelte ihn aus ihren dunklen Augen erbost an. Er musste doch wissen, dass die Schulleistungen von Hans nie für ein Studium gereicht hätten. Hans lenkte sofort vom Thema ab.

«Mutter, kann ich unsern Papagei Polly in den Laden stellen? Das würde bestimmt Kundschaft anlocken, und du brauchst ihn ja jetzt nicht mehr zur Unterhaltung, oder?»

«Das ist eine hübsche Idee, aber sicher nicht gut für unsern Polly. Denk alleine an die Zugluft im Winter, das würde er nicht überleben, und …»

«… der Dreck, den er macht, gehört auch nicht in einen Laden! Abgesehen von seinem Pfeifen und Gekrächze. Dein Lehrmeister würde sich bedanken», ergänzte Johannes entsetzt.

Hans lächelte still in sich hinein. Es war ihm tatsächlich gelungen, den Vater von seinem Thema mit dem Theologiestudium abzubringen.

12. Kapitel
Calw 1897

Zarte Wolkenschatten fielen auf die Wiesen. Langsam erwachte die Natur, die Tage wurden länger. Wenn auch die Kälte noch nicht ganz gewichen war, den Frühling spürte man überall. Die Vögel sangen in Busch und Baum, die Primeln und Krokusse begannen in den Gärten farbenfroh zu blühen, und die ersten Flösser fuhren wieder die Nagold hinunter, ein sicheres Zeichen, dass der Frühling nahte.

«Es passt zum Erwachen der Natur, dass du Grossmutter geworden bist, nicht wahr?», lächelte Johannes, als Marie freudenstrahlend von ihrem Tagesausflug nach Aidlingen zurückkam. Ihr ältester Sohn Theo wohnte dort und war Vater geworden.

«Theos Büblein ist ein reizender kleiner Kerl. Er hat dunkelblonde Haare und eine Haut wie Pfirsich. Seine winzigen Fingerlein kann ich nicht genug anstaunen. Ich habe gar nicht mehr gewusst, wie klein ein Neugeborenes ist, dabei habe ich ja selbst neun Kinder auf die Welt gebracht. Theo und seine Frau Martha sind überglücklich.»

Marie kam es vor, als ob wieder ein frisches Kapitel ihres Lebens angefangen hätte. Ein Enkelkind bedeutete eine ganz neue Dimension. Die vielen Erinnerungen, die auftauchten, beschäftigten sie allerdings. Während sie den neugeborenen Hermann betrachtete, kehrten ihre Gedanken zurück nach Indien, zu der Zeit, als sie noch Isenberg hiess, zu ihrer damaligen Familie, zu Charles und den Kindern Theo und seinem Brüderchen, dem sonnig lächelnden Hermann, den sie damals begraben mussten. Nun lag wieder ein Hermann Isenberg mit dunkelblonden Haaren und blauen Augen auf ihrem Schoss, ihr Enkelkind. Voll zärtlicher Wehmut strich sie ihm über das Köpfchen. War nicht alles gerade erst gewesen? Wohin nur waren die Jahre verschwunden?

«Ich nehme an, Theo kommt mit seiner Familie bald einmal hierher, damit ich das prächtige Bürschlein auch zu sehen bekomme.»

Marie warf Johannes einen besorgten Blick zu. Sie bezweifelte, ob er so viel Betrieb ertragen würde. Seine permanente Müdigkeit und Reizbarkeit ertrugen schwerlich ein kleines, schreiendes Kind.

«Ich weiss nicht, Johnny, das könnte dir leicht zu viel werden, vor allem, wenn du deine Kopfschmerzen hast. Es ist ein rechter Umtrieb, den das kleine Wesen verursacht.»

«Wenn ich Ende Monat nach Russland reise, werde ich noch ganz andere Strapazen erdulden müssen, meinst du nicht?»

«Das macht mir auch grosse Sorgen, Johnny. Ich bezweifle, ob du diese Reise durchstehen wirst, obwohl ich weiss, dass unsere Adele dich begleitet.»

«Ich möchte unbedingt noch einmal in meine Heimat reisen. Ich empfinde mit jedem Jahr mehr, dass ich nicht unter meinem Volk wohne, sondern in einem fremden Land. Ich passe nicht wirklich hierher. Ich bin und bleibe ein Balte.»

Marie sollte mit ihren Bedenken recht behalten. Der Reisekorb war fertig gepackt vorausgeschickt worden, die Pässe lagen griffbereit in der Tasche – doch die Reise endete schon in Frankfurt. Johannes sank im christlichen Hospiz ins Bett und musste kleinbeigeben. So bitter ihn der Gedanke ankam, er schaffte es nicht mehr, in sein Heimatland zu fahren. Es war eine herbe Enttäuschung. Er hätte einen Besuch am Grabe seines Vaters machen wollen, welcher vor einigen Monaten im hohen Alter von vierundneunzig Jahren verstorben war. Johannes fiel es schwer zu akzeptieren, dass er sein geliebtes Weissenstein nie mehr sehen würde.

In Maries Haushalt konnte eine weitere helfende Hand nichts schaden. Die vielen Gäste, meistens Missionsleute, die es stets unterzubringen und zu bewirten galt, sowie die Pflege des recht schwachen Johannes forderten alle heraus. Im Sommer stiess die fünfzehnjährige Ida Frohnmeyer aus Basel zu ihnen, weil ihre Eltern in Indien Missionsarbeit leisteten. Ida war genauso wie Marie in Kalikut geboren und bei Verwandten in Basel aufgewachsen. Diese Tatsache verband sie sofort miteinander. Die zurückhaltende, feine

Art des jungen Mädchens kam in der Familie Hesse gut an, bald war sie mit den fast gleichaltrigen Töchtern Adele und Marulla befreundet und ging mit ihnen in den Kirchenchor.

Marie entdeckte eines Tages weitere Gemeinsamkeiten, denn Ida interessierte sich sehr fürs Schreiben, verfasste selbst Gedichte und kleine Geschichten. Hin und wieder setzte sich nun auch Marie hin und brachte ihre Gedanken zu Papier, Gedichte voll des Lobes und des Dankes.

«Mein Sohn Hermann hält nicht viel von dichtenden Frauen, und er steht auch nicht alleine da mit dieser Meinung», sagte Marie zu Ida gewandt, als sie zusammen auf der Veranda zusahen, wie die Sonne langsam hinter dem Horizont verschwand.

«Ich weiss, dichtende Frauen sind wenig gesellschaftsfähig», antwortete Ida bescheiden. Ihre blonden Haare lagen mit einem geflochtenen Zopf um ihren Kopf, nur einige vorwitzig lockige Strähnchen standen heraus und gaben Ida ein sonniges Aussehen. Marie betrachtete sie lächelnd.

«Ich selbst sehe nichts Beklagenswertes darin, wenn eine wirklich begabte Frau etwas dichtet und danach drucken lässt. Meine Meinung wird sicher mit den Jahren anerkannt. Genauso, wie man lange keine Missionsfrauen wollte, weil man der Überzeugung war, dass Frauen ein Hemmschuh seien für die Mission. Man wurde eines Besseren belehrt.»

«Wahrscheinlich stellt man an die Frauen höhere Anforderungen, sei das in der Mission oder in der Kunst.»

«Möglich. Ich weiss, dass viele Männer – manchmal sogar auch Frauen – sich nicht vorstellen können, dass die Kunst beide Geschlechter erfüllen kann. Mein Vater hat es nicht so gesehen und mich immer ermuntert, zu dichten.»

«Ich hätte ihn gerne kennengelernt, von Ihrem Vater wird stets mit grosser Hochachtung gesprochen.»

«Er hat Grossartiges geleistet. Ich weiss gar nicht, wie er sein riesiges Pensum bewältigen konnte. Übrigens hat auch er hin und wieder gedichtet. Wir haben alle das Talent meines Vaters geerbt, er hat uns mit seiner Liebe zu den Sprachen deren Zauber und Reiz erschlossen und die Freude daran geweckt. Vermutlich tritt nun mein Sohn Hermann in Tübingen in seine Fussstapfen, wenigstens, was die Liebe zur Sprache betrifft. Sein Ziel ist es nämlich, Dichter zu werden.»

Im Herbst überraschte Hermann sie tatsächlich mit der Herausgabe eines gedruckten Gedichtbändchens. Er hatte die Ausgabe mit seinem Lehrlingslohn selbst finanziert. Seine Buchhändlerlehre neigte sich nun bald dem Ende entgegen. Marie war glücklich, dass er die Jahre durchgehalten hatte. Begierig las sie seine Verse, einerseits mit Erstaunen, aber auch mit etwas Sorge. Marie bemerkte die Schwermut, die vorherrschte, die

Traurigkeit und Sehnsucht eines empfindsamen Herzens, das sich in der Welt nicht zurechtfand.

«Tänze und Gefahren sanken
In den dunklen Fluss der Zeit,
Ohne Nähen, ohne Schranken
Wölbt sich meine Einsamkeit»,

las sie laut. Sie holte sofort Papier und Feder und beeilte sich, bei Hermann nachzufragen, ob es sein persönliches Empfinden sei, das er hier in Worte gefasst habe? In seinem Antwortbrief bestätigte er ihre Annahme. Es sei ein persönliches Bekenntnis. Er habe das romantische Grundmotiv durch alle Verse hindurch in Variationen auszudrücken versucht. Marie verstand, wie es gemeint war. Wie oft hatte sie selbst Gedichte verfasst während einer persönlichen Krise, und es waren manchmal besonders gelungene Verse geworden. Sie antwortete ihm mit der Bitte, ihr weitere Aufsätze zu schicken. Sie denke in einigen Dingen nicht wie er, schränkte sie ein, aber es sei ihr wichtig, ein wenig in sein Gemüt und seine Gedankenwelt hineinschauen zu dürfen.

Noch im Winter folgte ein Prosawerk von Hermann, das der Verleger Eugen Diederichs herausgab, eine fantastische Traumdichtung mit dem Titel *Stunde hinter Mitternacht.* Das Werk schilderte die Genüsse auf einer Trauminsel – manchmal auch nur symbolisch angedeutet –, die Marie mit wachsender Beunruhigung las. Hermann bewegte sich in einer Welt, die sie auf keinen Fall gutheissen konnte. Über Sätze wie *Ein Künstler bedarf der Frauen* stolperte sie ungern. Sie setzte sich hin und schrieb ihre Besorgnis in flehentlichen Worten an Hermann nieder: Er solle sich doch bitte keusch verhalten. Einige Erzählungen würde sie kein zweites Mal lesen wollen, und manche Sätze seien so unanständig, dass kein Mädchen sie je lesen sollte. Hermann antwortete erbittert mit einem Bibelvers: *Den Reinen ist alles rein.* Und er schloss mit den vorwurfsvollen Worten: «… und habt mich sonach zu den Unreinen gestellt.»

Marie nahm es ihm nicht übel, er hatte erst noch zu lernen, Kritik entgegenzunehmen und einzuordnen. Er musste doch spüren, dass ihre Besorgnis echt war. Während sein Brief vor ihr lag, dachte sie über den Bibelspruch nach. Schon als kleines Kind hatte sich Hermann treffend mit Bibelzitaten zu wehren gewusst. Sie konnte sich noch gut daran erinnern, wie er sie damit immer wieder verblüfft hatte. Einmal, als er mit Steinen nach einem Kind geworfen hatte, antwortete er unbeeindruckt auf ihren strengen Verweis hin: «Aber der David ist doch lieb gewesen, wo er den Stein geworfen hat?» Und nun antwortete er wieder mit einem passenden Bibelvers auf ihre Kritik. Sie zuckte bekümmert mit den Schultern, doch sie stand zu ihren Bedenken.

Was sie aber nicht wusste, war, dass Hermann in seiner Wut und Enttäuschung darüber, dass sie keine anerkennenden Worte für sein Werk gefunden hatte, alle ihre Briefe verbrannte, die sie ihm nach Tübingen gesandt hatte.

Es war einer der ersten kühlen Tage nach dem heissen Sommer, als Marie ihre Haube anzog, ihre Handschuhe nahm und sich auf den Weg machte. Gelegentlich tat es ihr wohl, sich auf einen Spaziergang zu begeben. Sie genoss es immer noch sehr, dass sie wieder gehen konnte, die Füsse ihr wieder gehorchten und sie keine Schmerzen mehr plagten.

Natürlich hatte sie den Gang mit einem Zweck zu verbinden, denn ohne Grund ging man als Frau nicht aus dem Haus. Sie beschloss, zum Friedhof zu gehen. Sie liebte den schrägen Lichteinfall, der weich auf die Gräber fiel, auch wenn dieses herbstliche Zeichen dazu beitrug, die melancholische Stimmung zu vertiefen.

Leise trat sie durch das Tor, neben welchem ein alter, moosiger Nussbaum stand, und ging entlang den vielen Gräbern mit den immer wieder gleich lautenden Familiennamen. Ein kleiner Brunnen plätscherte vor sich hin. Ein Besuch auf dem Friedhof liess sie stets nachdenklich werden. Erinnerungen tauchten auf, die sie längst vergessen glaubte, Basel und die Jugendjahre drängten hervor, aber auch ihre Erlebnisse in Indien. Vor allem dachte sie an ihre drei Kinder, die nicht mehr lebten, und versuchte, ihre Augen wieder vor sich zu sehen. Erinnerungen an einige Strecken ihres Lebens weckten dumpfe Schuldgefühle, doch sie wechselten sich ab mit sehnsuchtsvollen Gedanken an glückliche Tage voller Zufriedenheit. Und immer wieder ärgerte sich Marie, weil sie bemerkte, dass sie viel vergessen hatte. Als Grossmutter stand ihr dies jedoch zu. Sie wusste, dass in ihrem Leben Ehemann, Kinder und Grosskinder, ja die ganze Familie mit allen Geschwistern und Anverwandten stets Inhalt und Zentrum gebildet hatten.

Während sie immer wieder ein Stück ihres Lebens vorüberziehen liess, fiel ihr ein, dass Johannes einmal davon gesprochen hatte, das Leben sei eine fortwährende Bewährungsprobe für das Erlangen der ewigen Seligkeit. Die letzte würde wohl das Sterben sein, ging ihr beim Anblick der Gräber durch den Kopf.

Marie raffte ihren Rock und begab sich auf den Rückweg. Kurz vor ihrem Haus traf sie den Postboten. Er überreichte ihr einen Brief mit dem Absender Tübingen. Sie riss ihn hastig auf. Es überkam sie immer noch ein Gefühl der Unsicherheit und Angst, wenn sie einen Brief von Hermann in Händen hielt. Sie wechselten häufig Briefe, es verstrich keine Woche, ohne dass Marie einen Brief an Hermann schickte. Bis eine Antwort von ihm eintraf, musste sie manchmal geduldig warten. Neugierig entfaltete sie den Brief. Schon nach den ersten Worten hellte sich ihr Gesicht auf und sie eilte heim.

«Hermann geht nach Basel, stell dir vor!», rief Marie laut, als sie mit dem Brief in der Hand aufgeregt in den dunklen Flur trat.

Johannes kam aus seinem Studierzimmer und schritt ihr durch den langen Gang entgegen. Er war älter geworden, bemerkte Marie, seine hagere Gestalt war leicht gebeugt, sein blonder Bart wies einige graue Haare auf, doch die hellen Augen hinter den Brillengläsern zeigten seinen wachen Geist.

«Habe ich richtig gehört? Hermann geht nach Basel?»

«Ja, er schreibt, er habe dort eine Stelle als Buchhändlergehilfe gefunden. Bei der Reich'schen Buchhandlung an der Freien Strasse. Ist das nicht wunderbar? Nun macht auch er seinen Weg, ich bin ja so froh und erleichtert.»

«Es ist ihm tatsächlich gelungen, eine Anstellung zu finden? Das freut mich sehr.»

«Er wollte unbedingt nach Basel. Er hat die Stadt in schönster Erinnerung, seine Kindheitserlebnisse, die Schützenmatte und das Kunstmuseum locken.»

«Das Missionshaus wird es kaum sein, das ihn lockt», warf Johannes etwas ironisch dazwischen.

Marie ging auf den Zwischenruf nicht ein. Sie wusste, dass Johannes immer noch darauf hoffte, dass Hermann sein Leben den pietistischen Vorstellungen annähern würde.

«Vor allem wolle er dorthin, weil Basel für ihn nun die Stadt Nietzsches, Böcklins und Jacob Burckhardts sei, schreibt er.»

«Wir werden ihm einige Kontakte verschaffen können. Lass mich mal nachdenken. Zum Beispiel die Familie des Staatsarchivars Wackernagel – du erinnerst dich an sie, nicht wahr? Wir lernten sie in unseren Ferien auf dem Rechtenberg kennen – und natürlich die Pfarrfamilie La Roche. Das wird Hermann helfen, sich bald in Basel heimisch zu fühlen.»

«Ich würde am liebsten mitreisen», murmelte Marie mit leuchtenden Augen. Die Basler Jahre gehörten zu ihren besonders schönen Erinnerungen.

«Ja, ich auch. Manchmal kommt es mir wunderlich vor, dass ich nicht mehr in Basel bin, sondern hier im engen Nagoldtal. Aber es gehört nun mal zur Missionslaufbahn, dass man nirgends recht daheim ist, nirgends anwachsen und Wurzeln schlagen kann.»

Wenige Wochen vor der Jahrhundertwende – im November 1899 – konnten Marie und Johannes voller Dankbarkeit ihre silberne Hochzeit feiern.

«Fünfundzwanzig Jahre! Für mich ist das ein unerwartetes Geschenk. Als wir heirateten, sah es eher so aus, als ob ich dich gerade noch durch die letzten Monate deines Lebens pflegen könnte. Du warst mager und schwach und von Kopfschmerzen gepeinigt. Erinnerst du dich noch, Johnny?»

«Natürlich. Du hast offensichtlich nicht mit meiner Zähigkeit gerechnet!», schmunzelte er. «Wobei deine liebevolle Pflege während meiner vielen Kopfwehattacken mir immer sehr gutgetan hat. Ich danke dir dafür. Leider hört der schlimme Zustand nie auf.»

«Weisst du, welches Geschenk mich besonders freut? Das Gedicht von Hermann, das er uns aus Basel zugesandt hat.»

«Oh ja. Es ist so schön, dass Hermann unterdessen gemerkt hat, wie schwer die Jahre für uns waren, und die Worte zu seiner Kindheit sind für mich wie Balsam.»

«Für Euch ein Weg durch Müh' und Bangen,
für uns ein leichter Jugendgang,
uns ist's wie Duft vorbeigegangen,
Euch ward es lang»,

zitierte Marie zwei Zeilen aus dem Gedicht, «wie ganz anders tönen diese Sätze als jener Brief aus der Heilanstalt, in welchem er dir tausend Fehler vorwarf.»

«Er spricht sogar von einem ‹leichten Jugendgang›.»

«Natürlich wollte er uns zu unserm Fest nur Schönes schreiben, aber es scheint mir, dass er nun einiges besser einordnen kann. Die Distanz zu uns und unseren Vorstellungen tragen wohl das ihre dazu bei.»

«Der Abstand und wohl auch die Stadt Basel sowie die Bekanntschaften mit den herausragenden Persönlichkeiten. Das hat einen guten Einfluss auf ihn. Seine Worte zeigen das.»

«Er ist mit seinen zweiundzwanzig Jahren auch sehr aufnahmefähig, man ist in diesem Alter offen für alle Schönheiten, Musik, Kunst und gute Gespräche. Doch sein Ziel, Dichter zu werden, hat Hermann immer noch vor Augen. Das sieht man daran, dass er uns etwas Gereimtes schickt. Es sind wunderschöne Worte! Wir haben allen Grund zu loben, zu danken und zu feiern.»

Die silberne Hochzeit wurde ein grossartiges Fest, das tagelange Vorbereitungen erforderte. Johannes begab sich in den Verlag, obwohl er sich mit seinen Kopfschmerzen am liebsten ins Bett gelegt hätte. Aber die vielen Vorarbeiten brachten eine Unruhe ins Haus, sodass er sich möglichst weit davon entfernt zurückzog. Zwei Tage vor dem Fest wurde das grosse Eckzimmer geheimnisvoll abgeschlossen. Adele und Marulla begannen den Raum mit Blumen und Girlanden zu schmücken, breiteten alle Geschenke aus – es waren Tischtücher, silberne Gabeln und Messer, Torten und Champagner und zahlreiche Geschenke aus Estland darunter –, danach wurde der Esstisch feierlich gedeckt und schliesslich wurden die vielen Gästezimmer bereit gemacht.

Alle Kinder und Enkel reisten an, mit Ausnahme von Hermann, der sich für dieses Fest nicht freinehmen konnte, dazu viele weitere Verwandte und Bekannte. Es wurde gegessen, gesungen, Reden wurden gehalten und die Jungen spielten Halma und Karten. Marie war froh, dass Johannes einen guten Tag hatte. Die Gespräche mit den zahlreichen Gästen und die vielen Aktivitäten stand er zum Glück mühelos durch. Er freute sich sichtlich über die schönen Dinge, vor allem über das gemeinsame Geschenk der Kinder, eine Araukaria, denn dieses besondere Gewächs, das wie ein kleines, feines Tännchen aussah, hatte er in der Gärtnerei stets bewundert. Marie erhielt von den Kindern eine Uhrenkette aus Silber – einen Goldschmuck hätte sie doch nicht getragen, das wussten die Töchter genau.

An den folgenden Tagen besah sich Marie nicht nur die vielen Geschenke, sondern mit etwas weniger Begeisterung den Stoss von Briefen und Glückwunschkarten, die sie nun beantworten musste. Es schien ihr, als ob ihr Leben ein ewiger Kreislauf von Hausgeschäften und lastenden Briefschulden gewesen sei.

Bei Johannes traten nun nach den Anstrengungen des Festtages besonders starke Kopfschmerzen und melancholische Stimmungen auf. Er war mutlos, litt unter einer gesteigerten Reizbarkeit und Konzentrationsschwäche, sah nur noch einen Berg Arbeit vor sich und sprach davon, sich pensionieren zu lassen.

«Ich spüre, dass mir die Arbeitskraft fehlt. Es sollte dringend ein Vertreter her, aber man will mir nur einen Gehilfen zugestehen. Und diese Vikare kommen und gehen, bevor ich sie richtig einarbeiten kann.»

«Vergiss nicht, du bist auch als Gehilfe zu Vater gekommen. Man suchte damals ebenfalls sehr lange nach jemandem. Und schliesslich ist es mit deiner Person gelungen, den Richtigen zu finden. Ich will gerne versuchen, dir einiges abzunehmen, so gut es mir möglich ist», bot Marie an. Sie sah deutlich, wie abgearbeitet und elend er wirkte.

«Das ist lieb von dir, aber was ich möchte, ist jemand, der die Verantwortung übernimmt, wenigstens für eine Weile. Mich drückt sie so sehr, dass meine Kopfschmerzen immer stärker werden. Ich wünschte mir, einmal ausruhen zu dürfen und nur an meine Heilung zu denken.»

«Man findet wohl, dass du mit deinen zweiundfünfzig Jahren noch voll einsatzfähig sein müsstest. Nur ich weiss, wie kräftezehrend die jahrelangen Kopfschmerzen waren und dass du keine Reserven mehr hast. Du kommst ja nicht einmal mehr mit zu Theo nach Aidlingen, dabei ist es nur ein Tagesausflug.»

«Ich weiss. Ich will die Zeit, in der ich keine Kopfschmerzen habe, einsetzen für die Arbeit im Verlag, obwohl ich mich zwingen muss. Für Privates reichen die Kräfte nicht mehr aus. Und ob ich die lange Kutschenfahrt auf den holprigen Wegen bis nach Aidlingen ertrage, ist fraglich. Ich habe keinen Mut dazu.»

13. Kapitel
Calw 1900

Die Jahrhundertwende wurde in den Städten gross gefeiert, in Calw begnügten sich Marie und Johannes mit dem Besuch eines besonders festlichen Gottesdienstes. Maries Gedanken wanderten zu ihren Kindern. Was würde ihnen das neue Jahrhundert wohl bringen?

Nach dem Gottesdienst liefen sie durch die kalte Winternacht rasch nach Hause und setzten sich an den Tisch, um zusammen noch etwas zu trinken.

«Hast du gelesen, was Hermann aus Basel berichtet, Johnny? Er verkehrt oft bei der Familie Wackernagel, sogar in deren schönem Landsitz Wenkenhof in Riehen. Ob er heute Silvester mit ihnen feiert?»

«Möglich. Nur wir müssen leider weiterhin auf Hermanns Besuch warten.»

«Man entschliesse sich von Basel aus leichter nach Mailand zu fahren als nach Calw, schrieb er im letzten Brief. Ist es nicht schön, dass unsere Kinder nun ihren Weg machen? Und für uns ist es gut, dass wir im Alter langsam zur inneren Ruhe kommen können. Man muss nichts mehr erreichen, nur noch den Kindern von Ferne zusehen, wie sie ihr Leben meistern, und ihnen hin und wieder unterstützend beistehen.»

«Dafür hast du mit mir viel mehr Arbeit. Meine schwache Gesundheit bringt es leider mit sich, dass ich dich am liebsten ständig um mich habe.»

Marie ging nicht darauf ein, sondern wechselte das Thema.

«Bis zum Sommer werden wir wohl die Gasbeleuchtung haben, meinst du nicht? Im Moment sind die ganzen Strassen aufgerissen, man kommt kaum mehr zum Haus, und es ist besonders mühsam, wenn man mit dem schweren Korb vom Einkaufen heimkehrt. Man muss auf seine Schritte achten, sonst landet man in einem der vielen Gräben.»

«Während der kalten Jahreszeit kann man nicht weitermachen. Bis der ganze Ort Gasanschluss hat, braucht es noch einige Monate. Dafür haben wir bald Gas im Haus. Der Schlosser hat sich schon angekündigt. Ich kann mir noch gar nicht vorstellen, wie hell es danach in unserer Stube sein wird mit einer Gaslampe als Beleuchtung. Wir werden abends lesen können, ohne die Augen zu sehr zu belasten. Das wird mir helfen. Ich bin sicher, meine Kopfschmerzen kommen auch davon, dass ich meine Augen überanstrenge.»

«Und ich kann abends Briefe schreiben und muss nicht immer das Tageslicht ausnützen. Keine Petroleumlampe mehr, die nachgefüllt werden muss, umstürzt oder immer wieder Russ verursacht. Welch ein Fortschritt! Eine Hängelampe mit Glühstrumpf habe ich bereits besorgt, sie wird das Zimmer sehr behaglich und hell machen. Ich vermute, wir werden wohl kaum mehr ins Bett kommen!»

Johannes sass in seiner Studierstube und konnte nicht glauben, was er las. Mit dem Brief in der Hand lief er durch den langen, dunklen Gang und rief:

«Hörst du mich, Marie? Nun geht auch Hans nach Basel! Hans hat eine Stelle gefunden!»

Marie kam zu ihm geeilt.

«Habe ich richtig gehört? Hans hat endlich eine Stelle gefunden?»

«Ja, er geht nach Basel zu Onkel Willy[13], du erinnerst dich, dass ich ihm geschrieben habe? In der Buchhandlung der Basler Mission wolle man gerne einen Kaufmann einstellen, schreibt Hans. Er werde im Missionshaus unterkommen mit Kost und Logis, ist das nicht schön?»

«Zwei Söhne in Basel! Das ist unglaublich. Vermutlich haben alle unsere Kinder die Basler Jahre in schönster Erinnerung, so wie wir auch. Darum gehen sie gerne wieder dorthin», lächelte sie glücklich.

«Mit einer kleinen Einschränkung: Hermann hat seine Stelle gekündigt und will eine Italienreise machen.»

«Nun ja, aber nachher wird er wieder in Basel weiterarbeiten, in einem Buchantiquariat, so viel ich weiss.

---

13 Willy Hoch

Jetzt hat er sich erst einmal zu einem Besuch bei uns angemeldet, bevor er nach Italien reist.»

Hermanns Besuch bedeutete für Marie zwar etwas mehr Arbeit, aber sie genoss jede Stunde mit ihm. Es gab viel zu reden und zu diskutieren, aber es waren keine Misstöne mehr zu vernehmen. Hermann berichtete ausführlich von Basel und seinen Besuchen bei den Familien, welche auch Marie und Johannes bekannt waren.

Tagsüber machte er lange Spaziergänge und besuchte die Orte seiner Kindheit. Besonders gerne schaute er von der Kapelle auf der Nagoldbrücke den Flössern zu – es reizte ihn immer noch, mitzufahren –, lief danach zu den alten Mühlen, zum Schilfufer und zu seinen ehemaligen Angelplätzen und besah sich unterwegs die Gärten und Mäuerchen, die er einst unsicher gemacht hatte. Einmal marschierte er auch bis nach Hirsau, um das verfallene Kloster mit der grossen Ulme wiederzusehen.

Abends spielte er Geige und las einige seiner Gedichte vor. Marie versuchte, ihn etwas zurückzuhalten, damit es für Johannes nicht zu viel wurde. Um halb zehn, wenn die Eltern zu Bett gegangen waren und das Haus still und dunkel wurde, lernte Hermann Italienisch, um sich auf seine Reise nach Italien vorzubereiten, begab sich aber auch hin und wieder ins Wirtshaus Waldhorn, um Billard zu spielen, etwas, das er auch im Restaurant Storchen in Basel gerne auszuüben pflegte.

Schliesslich unternahmen sie alle zusammen eine vergnügliche Schlittenfahrt zu Theo nach Aidlingen, selbst Johannes hatte sich dazu überreden lassen. Eingehüllt in warme Decken liessen sie die Landschaft an sich vorüberziehen und sogen die kalte Winterluft ein. Obwohl man bereits Anfang März schrieb, lag noch so viel Schnee auf den Wegen, dass man anstelle einer Kutschen- eine Schlittenfahrt machen konnte. Das Pferd stapfte zielstrebig durch den weichen Schnee. Es war deutlich zu sehen, dass die weisse Pracht nicht mehr lange halten würde. Viele Bächlein zogen ihre Spuren durch schmelzende Schneereste und rieselten am Rande der Wege abwärts. Der Pflotsch spritzte hoch auf. Die Sonne schien grell, die ganze Welt zeigte sich strahlend weiss und kühl blau, nur der aufspritzende Dreck verfärbte das Schneebord schmutzig braun.

Der Empfang im kleinen Dorf Aidlingen war umwerfend: Alle Gänse des Dorfes begrüssten sie mit ihrem lauten Gezeter, und die Kinder des kleinen Ortes unterstützten sie mit ihrem Jubel. Ein Besuch von auswärts bedeutete für alle eine höchst willkommene Abwechslung. Lachend über diesen besonderen Empfang stiegen alle aus. Marie genoss es, mit der ganzen Familie Kaffee zu trinken, und Hermann meinte beglückt, ein schwäbischer Apfelkuchen und Nachmittagskaffee am reich gedeckten Tisch seien doch etwas Wunderbares.

Auf der Rückreise erlebten sie einen eindrücklich schönen Sonnenuntergang. Die niedrig stehende Sonne, welche den Himmel blass erscheinen liess, versank langsam hinter dem Horizont, die Schneedecke glitzerte geheimnisvoll und fast bläulich in den letzten Sonnenstrahlen, die Schatten wurden immer länger, während sich der Himmel langsam von hellrot bis violett verfärbte. Es wurde spürbar kälter, der Schnee knirschte unter den Kufen des Schlittens und alle waren froh, als sie endlich beim Haus in Calw vorfuhren.

Marie sollte noch lange an diesen harmonischen Ausflug denken, denn es war der letzte ihres Lebens. An Pfingsten meldete sich wieder ihr Nierenleiden mit heftigen Schmerzen, Durchfall, Übelkeit und Erbrechen. Die Sommermonate verbrachte sie meist liegend auf der Veranda. Schmerzen, Müdigkeit und Schwäche zeigten sich immer mehr, und sie bemerkte, dass sie nicht mehr belastbar war. Sie las begierig Hermanns Berichte von seiner Italienreise und seiner glücklichen Rückkehr nach Basel, freute sich über alle Besuche und weiteren Nachrichten der Kinder und Verwandten, doch sie fühlte, es war ein langsames Abschiednehmen.

«Heute Nacht habe ich etwas Trauriges geträumt», eröffnete sie Johannes im August, «ich musste in eine enge, dunkle Wohnung ziehen und traf dort meinen Vater selig.»

«Was willst du damit sagen?», fragte Johannes erschrocken.

«Nun, du weisst, manchmal träume ich etwas, das nachher tatsächlich eintrifft. Ich rede nie viel davon, weil es mir manchmal selbst unheimlich ist. Und es muss auch gar nichts bedeuten, was ich heute Nacht geträumt habe – es ist nur …». Sie schüttelte ungläubig den Kopf und murmelte: «Ich war richtig glücklich in meinem Traum, musst du wissen, ausgesprochen glücklich. Ins enge, finstre Gemach geht es auf jeden Fall, aber wenn ich dort auf meine Lieben treffe und glücklich bin, kann ich getrost daran denken.»

Johannes nahm ihre Hand.

«Es ist mir klar, dass du viel zu leiden hast, Marie. Ich wollte, ich könnte dir helfen. Aber du weisst, wo du Kraft und Schutz findest, nicht wahr?»

Es waren lange und schmerzensvolle Wochen und Monate. Im Oktober schrieb sie ein letztes Gedicht:

In der Leidenszeit der bangen,
wird die Seele oft so matt,
fühlt ein sehnliches Verlangen
nach der ew'gen Ruhestatt.
Einmal ist doch ausgestritten
Auch die letzte, schwerste Schlacht,
einmal ist doch ausgelitten
meine letzte Schmerzensnacht.
O glücklicher Tag, o selige Stund!
Dann bin ich auf immer und ewig gesund!

Ihren neunundfünfzigsten Geburtstag im Oktober beging Marie im Bewusstsein, dass es wohl der letzte sei, und sie den runden Sechzigsten kaum mehr feiern würde. Im folgenden Januar erwarteten alle das Ende. Alle Kinder und Verwandten, auch Hermann, kamen angereist und nahmen schweren Herzens Abschied.

Doch es dauerte noch bis zum 24. April, bis Marie von ihren Leiden erlöst wurde. Johannes fragte sie immer wieder, ob sie es nicht zu schwer habe. Ihre letzten Worte, die er klar und deutlich verstehen konnte, lauteten: «Ich habe es gut in jeder Beziehung … Gott sei Dank!»

Ausklang

Johannes Hesse lebte noch weitere vierzehn Jahre, liebevoll umsorgt von der ledigen Tochter Marulla, denn in den letzten Lebensjahren war er nicht nur schwach und leidend, sondern schliesslich auch erblindet. Trotzdem schimmerte in seiner Person immer eine Festigkeit durch, Gelassenheit prägte bis zum Schluss sein Wesen. 1916, mitten im Ersten Weltkrieg, entschlief er ganz unerwartet rasch. Er war still und leise gegangen. Auf seinen Grabstein setzte man den Psalmvers, den er sich schon lange ausgewählt hatte: *Der Strick ist zerrissen, der Vogel ist frei.*

Später schrieb Hermann Hesse an seine Schwester Adele die Worte:

«Von dort herüber, vom Grossvater und den Eltern, strahlt alles, was unsre Jugend schön und noch unser spätes Leben fruchtbar, warm und liebevoll gemacht hat. Die gütige Weisheit des Grossvaters, die unerschöpfliche Phantasie und Liebeskraft unsrer Mutter und die verfeinerte Leidensfähigkeit und das empfindliche Gewissen unsres Vaters.»

Familie Hesse, von links: Adele, Hans, Vater Johannes, Marulla, Mutter Marie und Hermann, 1899.

Meiner lieben Mutter

Ich hatte dir so viel zu sagen,
Ich war zu lang in fremdem Land,
Und doch warst du in all den Tagen
Die, die am besten mich verstand.

Nun, da ich meine erste Gabe,
Die ich dir lange zugedacht,
In zagen Kinderhänden habe,
Hast du die Augen zugemacht,

Doch darf ich fühlen, wie beim Lesen
Mein Schmerz sich wunderlich vergisst,
Weil du unsäglich gütig Wesen
Mit tausend Fäden um mich bist.

Hermann Hesse

Einige Daten

Hermann Gundert, 4.2.1814–25.4.1893, Dr. phil. und Theologe, Missionar in Indien von 1836 bis 1860, dann Leiter des Calwer Verlagsvereins bis zu seinem Ableben.

heiratet 1838 in Indien:

Julie Gundert, geb. Dubois, 1.10. 1809–18.9.1885, geboren in Corcelles am Neuenburgersee. Lebt von 1836 bis 1860 in Indien = erste Frau der Basler Mission in Indien, ab 1860 bis zu ihrem Tod in Calw.

Kinder:

Hermann Gundert	18.4.1839
Samuel Gundert	4.8.1840
	stirbt 1880 in Indien
Ludwig Friedrich Gundert	14.9.1841–7.1.1844
	gestorben in Indien
Marie Gundert	18.10.1842–1902
Christiane Gundert	26.12.1844–1848,
	stirbt mit 4 Jahren bei den Grosseltern
Friedrich Gundert	7.3.1847
	mit 8 Jahren nach Basel (Kinderhaus)

Paul Gundert	29.1.1849 mit 6 Jahren nach Basel (Kinderhaus), stirbt 1871 an Krebs.
David Gundert	9.10.1850 mit 6 Jahren nach Basel (Kinderhaus)

1846 reist die Familie nach Europa, die Kinder Hermann (8), Samuel (6) und Christiane (2) werden bei den Grosseltern gelassen, Marie (4) wird dem Ehepaar Ostertag im Gundeldinger-Gut in Basel zur Erziehung übergeben.
Das Ehepaar Gundert reist zurück nach Indien. Weitere Kinder werden geboren: Friedrich, Paul und David werden im Schulalter ebenfalls nach Europa ins Kinderhaus der Basler Mission geschickt.

Marie Gundert (1842–1902)
18.10.1842 geboren in Talatscheri, Indien
Kommt mit 4 Jahren nach Basel ins Missionsinstitut des Ehepaars Dr. Albert Ostertag im Gundeldinger-Gut.
Mit 12 Jahren von Basel nach Korntal ins Institut
Mit 14 Jahren nach Corcelles am Neuenburgersee, um Französisch zu lernen.
10.1.1858: Mit 15 Jahren kehrt Marie zurück zu den Eltern nach Indien.
Januar 1860: Vater Gundert muss aus gesundheitlichen Gründen heimkehren nach Europa – im April folgen Mutter

Gundert und Marie nach. Vater Gundert wird Leiter des Calwer Verlagsvereins und lebt mit der Familie im Verlagshaus in Calw.
10.11.1865: Die Missionsbraut Marie Gundert heiratet in Indien (getraut von ihrem älteren Bruder Samuel, Missionar):

Charles Isenberg, 1840–19.2.1870, Missionar
Sie leben in Haidrabad.
3 Kinder (eines davon gestorben):

Theodor Isenberg	9.9.1866
Hermann Isenberg	7.3.1868–11.8.1868 gestorben in Haidrabad (Indien)
Karl Isenberg	25.5.1869

August 1869: Charles Isenberg muss aus gesundheitlichen Gründen zurück nach Europa zusammen mit seiner Familie.
19.1.1870 stirbt Charles Isenberg an Tuberkulose.
Marie und die beiden Kinder Theodor und Karl leben fortan in Calw bei den Eltern Gundert.

22.11.1874 heiratet Marie in Calw
Johannes Hesse, 2.6.1847–8.3.1916 russischer Staatsbürger aus Weissenstein/Estland, Missionar, Gehilfe von Hermann Gundert und später Leiter des Calwer Verlagsvereins.
6 Kinder (zwei davon gestorben):

Adele Hesse	15.8.1875
Hermann Hesse	2.7.1877

Paul Hesse	14.7.1878–17.12.1878 gestorben in Calw
Gertrud Hesse	6.8.1879–31.3.1880 gestorben in Calw
Marie (Marulla) Hesse	27.11.1880
Johannes (Hans) Hesse	13.7.1882

1881 wird Johannes Hesse an die Basler Mission nach Basel berufen, die Familie wohnt am Müllerweg.
1886 Rückkehr nach Calw, Johannes Hesse wird Gehilfe seines Schwiegervaters Hermann Gundert im Calwer Verlagsverein, später dessen Nachfolger.
24.4.1902 stirbt Marie in Calw.

Wohnorte von Marie:
1842–1846 Indien, Talatscheri
1846–1854 Basel, Vorderes Gundeldingen-Gut
1854–1856 Institut in Korntal
1856–1858 Corcelles am Neuenburgersee
1858–1860 Indien, Kalikut
1860–1865 Calw, Verlagshaus
1865–1869 Indien, Haidrabad
1869–1881 Calw, im Verlagshaus und am Marktplatz
1881–1886 Basel, am Müllerweg
1886–1902 Calw, Verlagshaus, Ledergasse, Verlagshaus

Literaturliste

Judith Becker: Conversio im Wandel, Göttingen 2015

Marianne Bühler: Julie Gundert geb. Dubois, Missionarin in Indien, Akzessarbeit, Bern 1989

Abbé Jean Antoine Dubois: Leben und Riten der Inder, Bielefeld 2002

Rosmarie Gläsle: Pauline und ihre Töchter, Neuendettelsau 2000

Adele Gundert: Marie Hesse, Stuttgart 1934

Hermann Gundert Tagebücher: Tagebuch aus Malabar 1837–1859, Ulm 1983

Hermann Gundert: Schriften und Berichte aus Malabar, Ulm 1983

Hermann Gundert: Calwer Tagebuch 1859–1893, Stuttgart 1986

Waltraut Ch. Haas: Erlitten und erstritten, Basel 1994

Hermann und Adele Hesse: Zum Gedächtnis unseres Vaters, Tübingen 1930

Hermann Hesse: Unterm Rad, Berlin 1906

Hermann Hesse: Hermann Lauscher, München 1907

Hermann Hesse: Kindheit und Jugend vor Neunzehnhundert, Hermann Hesse in Briefen und Lebenszeugnissen, 2 Bd., Frankfurt a.M. 1984/85

Dagmar Konrad: Missionsbräute, Münster 2001

Jutta Rebmann: Julie Gundert, Mühlacker 1993
Robert Uhland, Max Miller: Lebensbilder aus Schwaben und Franken, Band 11, Stuttgart 1969
Ida Frohnmeyer: In Hermann Hesses Elternhaus, in: Schweizerisches Frauenblatt 1957, Nr. 27–29
http://www.gss.ucsb.edu/projects/hesse/documents/Volker-Michels-Gundert.pdf
Zitat im Vorspann: Robert Uhland, Max Miller: Lebensbilder aus Schwaben und Franken, Band 11, Stuttgart 1969

Bild- und Zitatnachweis

Titelbild: Marie und Karl Isenberg.
© Archiv Basler Mission QL- 30.006.0111

Rückseite: Charles Isenberg mit Marie und den Kindern Theodor und Karl in Haidrabad.
© Archiv Basler Mission QL-30.006.0168

S. 13: Marie Hesse.
© Archiv Basler Mission QL-30.006.0144

S. 15: Marie Hesse geborene Gundert.
© Deutsches Literaturarchiv Marbach

S. 29: Kinder einer Missionsstation.
© Helen Liebendörfer

S. 43: Julie und Hermann Gundert.
© Deutsches Literaturarchiv Marbach

S. 51: Charles Isenberg.
© Archiv Basler Mission QL-30.006.0103

S. 107: Johannes und Marie Hesse.
© Archiv Basler Mission QS-30.001.0526.01 (links), QL-30.006.0105 (rechts)

S. 119: Geburtshaus von Hermann Hesse/Wohnhaus der Familie (de.wikipedia.org/Ansgar Walk)

S. 133: Basler Missionshaus.
© Helen Liebendörfer

S. 137: Landgut Vorderes Gundeldingen, Basel.
© Helen Liebendörfer

S. 147: Hermann Hesse.
© Deutsches Literaturarchiv Marbach

S. 155: Knabenhaus der Basler Mission.
© Helen Liebendörfer

S. 167: Hermann Gundert.
© Archiv Basler Mission QS-30.016.0002

S. 171: Familie Hesse 1889.
© Deutsches Literaturarchiv Marbach

S. 256: Familie Hesse, 1899.
© Deutsches Literaturarchiv Marbach

Zitate: S. 5, S. 125, S. 204, S. 243, S. 253, S. 255, S. 257 aus: Hermann Hesse, Sämtliche Werke in 20 Bänden. Herausgegeben von Volker Michels. © Alle Rechte bei und vorbehalten durch Suhrkamp Verlag Berlin.

Autorin

Die Baslerin Helen Liebendörfer setzt nach ihren erfolgreichen Publikationen über Wibrandis Rosenblatt und Angela Böcklin die Reihe historischer Romane fort. Ausserdem ist sie bekannt als Stadtführerin und als Dozentin der Volkshochschule Basel sowie als Autorin zahlreicher Stadtführer. Sie bringt die Besonderheiten der Stadt Basel und der Menschen, die einst darin lebten, auf vielfältige Art den Gästen, Leserinnen und Lesern näher. Für ihr Engagement erhielt sie im Jahr 2008 den Ehrendoktor der Universität Basel.

Helen Liebendörfer im Friedrich Reinhardt Verlag

Die Frau im Hintergrund
Dieser historische Roman handelt von Wibrandis Rosenblatt, einer bedeutenden Frau des 16. Jahrhunderts. Im Hintergrund ihrer berühmten Ehemänner, den Reformatoren Oekolampad, Capito und Butzer, hat sie wesentlich an den Veränderungen mitgewirkt.

208 Seiten, 2013
kartoniert
CHF 24.80
ISBN 978-3-7245-1875-4

Carissima mia!
«Carissima mia!» spielt im 19. Jahrhundert und schildert das unstete Leben von Angela Böcklin, der Ehefrau von Arnold Böcklin, ihre jahrzehntelange aufopfernde Tätigkeit an der Seite des Künstlers, mit vierzehn Kindern, vielen Ortswechseln – Rom, Basel, München, Weimar, Zürich und Florenz –, mit Krankheiten, Todesfällen, Entbehrungen und schliesslich auch Erfolg.

312 Seiten, 2014
kartoniert
CHF 24.80
ISBN 978-3-7245-2019-1

Des Kaisers neue Socken
Der Roman spielt im 15. Jahrhundert und beschreibt das Leben des erfolgreichen Diplomaten und Apothekers Henman Offenburg zur Zeit des Basler Konzils.

296 Seiten, 2015
kartoniert
CHF 24.80
ISBN 978-3-7245-2083-2

Helen Liebendörfer im Friedrich Reinhardt Verlag

Hansdampf in allen Gassen
Zu den bekannten Schweizer Auswanderern des 19. Jahrhunderts gehört Johann August Sutter, auch «General Sutte oder «Kaiser von Kalifornien» genannt. Im Jahr 1834 flüchte er hochverschuldet und ohne seine Familie nach Amerika. Wie verlief Sutters Leben, bevor man Gold auf seinem Land fand? War er wirklich der edle Pionier, dem durch den Goldrausch alles genommen wurde? Eines ist sicher: Sutter Lebensweg ist vielfältig und lässt niemanden unberührt.

296 Seiten, 2016
kartoniert
CHF 24.80
ISBN 978-3-7245-2151-8

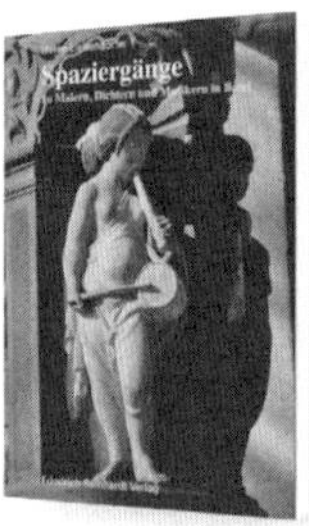

Spaziergänge zu Malern, Dichtern und Musikern in Bas
Dieses handliche Buch führt auf verschiedenen Spaziergängen zu berühmten Malern, Dichtern und Musikern, die in Basel aufgewachsen sind oder in der Stadt zu Besuch weilten.

123 Seiten, 2000
2. Auflage 2004
mit 12 farbigen Abb. und Stadtplan
kartoniert
CHF 19.80
ISBN 978-3-7245-1110-6

Basel, die verzauberte Stadt
Ein spielerischer Spaziergang für Kinder
Auf einem Spaziergang durch die Stadt können die Kinder aktiv ins Geschehen miteingebunden werden. Für Kinder zwischen fünf und zehn Jahren.

48 Seiten, 2006
mit 21 Farbfotos und Stadtplan
Hardcover
CHF 19.80
ISBN 978-3-7245-1380-3

Helen Liebendörfer im Friedrich Reinhardt Verlag

Spaziergang in Basel mit Johann Peter Hebel
Mit viel Gespür für Details führt Helen Liebendörfer den Leser auf die Spuren des grossen Dichters: vom Totentanz zur Petersgasse, vorbei an der Mittleren Brücke und hoch zum Münsterplatz.

65 Seiten, 2010
kartoniert
CHF 19.80
ISBN 978-3-7245-1660-6

Spaziergang zu berühmten Gästen in Basel
Die Stadtführerin nimmt die Leserinnen und Leser zu berühmten Gästen in Basel mit – von Kaiser Heinrich II., Paracelsus, Faust und Napoleons Gemahlin Marie-Louise bis hin zu Dostojewski und Gustav Adolf von Schweden.

100 Seiten, 2011
farbig bebildert, kartoniert
CHF 19.80
ISBN 978-3-7245-1704-7

Spaziergang mit Hermann Hesse durch Basel
Hermann Hesse verbrachte über zehn Jahre in Basel. Es gibt daher viele Gründe, einen Spaziergang mit Hermann Hesse durch Basel zu unternehmen und sich zu fragen, wo er gelebt und gewirkt hat und welche Spuren sich davon in seinen Werken niedergeschlagen haben.

80 Seiten, 2012
farbig bebildert, kartoniert
CHF 19.80
ISBN 978-3-7245-1793-1

Weitere Bücher im Friedrich Reinhardt Verlag

Daniel Zahno
Wanderverführer –
Die schönsten Touren rund um Basel, Band 1

Haben Sie Lust, schöne Orte rund um Basel zu entdecken? Daniel Zahno nimmt Sie mit auf verführerische Touren im Jura, im Schwarzwald und in den Vogesen. Es locken wilde Schluchten, mächtige Wasserfälle, schmale Kreten, verträumte Flussläufe und idyllische Seen. Auf wenig begangenen Pfaden führt der Schriftsteller sprachgewandt zu Kostbarkeiten in malerischen Landstrichen, zum bezaubernden Blumenmeer auf der Geissflue oder zum magischen Indian Summer am Doubs. Dieser schöne und reich bebilderte Band versammelt abenteuerliche Streifzüge und gemütliche Wanderungen – Genuss pur und eine Freude für jedes Entdeckerherz.

120 Seiten
kartoniert
CHF 29.80
ISBN 978-3-7245-2049-8

Weitere Bücher im Friedrich Reinhardt Verlag

Daniel Zahno
Wanderverführer –
Die schönsten Touren rund um Basel, Band 2

Entdecken Sie zauberhafte Orte rund um Basel. Nach dem grossen Erfolg von Daniel Zahnos erstem «Wanderverführer» folgt nun der zweite Band: wieder mit 25 herrlichen Wanderungen zu zauberhaften Orten in der Nordwestschweiz, die mit öffentlichen Verkehrsmitteln gut zu erreichen sind. Es locken wilde Schluchten, einsame Gipfel, lauschige Plätzchen, verträumte Flussläufe und vergessene Täler. Auf stillen Pfaden führt der Schriftsteller sprachgewandt zu Kostbarkeiten in malerischen Landstrichen, zum atemberaubenden Panorama auf die Hohe Winde oder zum jahrhundertealten Eichenhain beim idyllischen Schloss Wildenstein. Auch dieser zweite Band ist reich bebildert und lässt Ihr Wanderherz höher schlagen.

124 Seiten
kartoniert
CHF 29.80
ISBN 978-3-7245-2114-3